三条西実隆

Sanjonishi Sanetaka

豊田恵子

コレクション日本歌人選055
Collected Works of Japanese Poets

笠間書院

『三条西実隆』——目次

凡例

一、本書には、室町時代中期を代表する歌人三条西実隆の歌四十首を取り上げた。

一、和歌は年齢に従って配列し、実隆の歌の特徴である題詠歌を中心に、伝統的な素材を配合していかに新味を出すか、実隆の趣向ということに特に焦点を当てて解説した。

一、本書は、次の項目からなる。「作品本文」「出典」「大意」「鑑賞」「詞書（歌題）」「脚注」・「略伝」「略年譜」「筆者解説」「読書案内」「付録エッセイ」。

一、「再昌草」と「雪玉集」の本文と歌番号は『私家集大成』中世Ⅴにより、適宜漢字を当てて読みやすくした。実隆以外の和歌については、全て『新編国歌大観』の和歌本文・歌番号に拠った。

一、鑑賞は、一首につき見開き二頁を当てたが、四頁を当てた場合もある。

三条西実隆

01

法《のり》の道に仕《つか》へんものを春日山《かすがやま》その氏人《うぢびと》の名を汚《けが》しぬる

【出典】雪玉集・巻第十八・八一三四

幼い頃は出家して仏に仕える身と考えていたが、思わぬことから藤原氏の名を背負って官途に入ることになり、祖先の名を汚《けが》すことになったよ。

実隆の詠《えい》として現在残るうちで最も早い頃の歌。『*雪玉集《せつぎょくしゅう》』巻十八の雑《ざつ》纂《さん》に「十三、四歳の時か」と肩付《かたつき》注がある。

実隆は後花園《ごはなぞの》天皇の康正《こうしょう》元年（一四五五）に*三条西公保《きんやす》の次男として出生した。晩年の子で、しかも十三年上の兄実連《さねつら》がいたので幼くして仏門に入ることが決まっていたが、四歳の時、兄が早世し、急遽《きゅうきょ》三条西家の跡を襲《おそ》うことになった。六歳の時には父公保も逝《い》ってしまう。実隆十三の時とは、ちょ

【傍注】十三、四歳の時か。

【詞書】○法の道―仏の道。出家への道。○春日山―藤原氏の氏神春日神社の神域の山。

*雪玉集―実隆の私家集。天文六年（一五三七）頃成立か。後柏原天皇の『柏玉集』、下

うど応仁《おうにん》元年（一四六七）に当たっており、十年に及ぶ応仁*の乱が勃発《ぼっぱつ》した年でもあった、したがってこの歌は、その動乱のさ中を右往左往しながら、まだ若いみ空で三条西家の名跡《みょうせき》を背負い、同族間を頼って孤軍奮闘、時代の趨《すう》勢《せい》に気をもんでいた頃の心境をうたったものとみることができる。

上句《かみのく》の「法の道に仕へんものを」というのは、四歳にして断たれた仏門へのコースを指していったもの。「春日山」には藤原氏の氏寺《うじでら》である興福寺や氏社《うじしゃ》春日神社があり、藤原氏の血統を指す。実隆は「その氏人の名を汚しぬる」と、何か先祖の祖廟《そびょう》を「汚した」既定条件があったように書いているが、別に不始末を犯したのではあるまい。自分ごとき者が家を継いでよいものか、自信なげに呟きながら、みずからを日々叱咤《しった》激励していることの裏返しの感情であろう。

十三、四歳にしてこういう感懐《かんがい》を歌に残さざるをえない人生がどういうものかはなかなか想像できないが、歌としてはすでに幼さを脱している。彼は十二*の年から内裏の月次御会《*つきなみ》に参加するほどの技量《ぎりょう》をすでに有していた。幼くして兄と父を喪《うしな》ったあと、三条西の名をあげるべく十代から猛勉強を始めていたことの早い成果であろうか。

冷泉政為《まさため》の『碧玉集』とあわせて三玉集と呼ばれて重んじられた。

*三条西公保《よしのり》—足利第六代将軍義教時代の廷臣（一三九八—一四六〇）。宝徳二年（一四五〇）内大臣。歌人としても重きをなした。

*応仁の乱—応仁元年（一四六七）から文明九年（一四七七）までの十一年間続いた、京都を中心にした内乱。

*十二の年から—再昌草仮名序に「十二の歳の夏の末にや、内裏内々の月次の御会に召し加へられしよりこなた」とある。

*月次御会—月ごとに定期的に催される和歌の会。

【補注】晩年六十二歳を期して出家した時の「逢ひに逢ひて心の花も咲くやこの春待ち得たる春にもあるかな」(再昌草・二九八七)という手放しに近い喜びは、再び「法の道」に帰り着いたことの喜びの表明とも思われる。

02

暫《しば》しとも言伝《ことづ》てやらむ程ぞなき嶺《ね》越し山越し急ぐ雁《かり》がね

【出典】雪玉集・巻第一春・三五〇

春が来て、いくつも山を跳び越えながら雁たちが北に向かって慌《あわ》ただしく帰っていく。ほんの少しの間でも言伝てを頼む時間もなさそうだ。

四歳で兄を失った実隆は、早くから三条西家の後継者として古典学を学び始め、歌の研鑽《けんさん》にも怠《おこた》りなかったようであるが、前半生の歌は応仁の乱時の混乱や明応《めいおう》七年（一四九八）四十四歳の年の京都大火によってほとんど失ってしまった。それでも文明年間の歌は『雪玉集』からいくつか拾い出すことができる。特に*後土御門《ごつちみかど》天皇によって月次《つきなみ》の公宴継歌《こうえんつぎうた》が復興された文明《ぶんめい》十三年（一四八一）の歌は年次が明記されて残っている。これはその中の一首。春の帰《き》

【歌題】嶺ニ帰ル雁。

【語釈】○言づて―伝言。便り。雁書の故事を踏まえる。○嶺越し山越し―嶺や山をいくつも越えて。古今集の上記甲斐歌を踏まえる。

*後土御門―第一〇三代天皇。在位中に応仁の乱がおこる。

雁《がん》を詠んだ歌である。実隆二十七歳のまだ壮年期の歌。

実隆の歌は、他の貴族歌人同様、古典和歌を素養としてその上に新しい趣《しゅ》向《こう》を凝らすという点で一貫していた。この歌も雁をうたうに際して、『古今集』巻二十に載る甲斐《＊かい》歌の「＊甲斐が嶺《ね》を嶺《ね》越《こ》し山越し吹く風を人にもがもや言伝《ことづ》てやらむ」から「嶺《ね》越し山越し」と「言伝て」の語を借り、さらにその「言伝て」に、蘇武《＊そぶ》の話として知られる有名な雁書《がんしょ》の故事を巧《たく》みにミックスして一首を構成したもの。三月になって北の故国を目指して飛ぶ雁が帰りを急ぐので、便りを託《たく》す暇もないというのである。

歌自体はオーソドックスにそつなくまとめた歌といっていいだろう。こういう古典的な格調《かくちょう》の歌が中世には「正風体《＊しょうふうてい》」という名で賞賛された。伝統的な規範を破って俗語《ぞくご》でも何でも取り込んで日常の感覚を自由にうたうことは、まだ先の近世を待たなければならない。そういう意味では実隆の歌は、後世の私たちからみて必ずしも面白いものと言えず、和歌史の上に群を抜くような偉業を残したわけではない。しかし一方では古典を遵守《じゅんしゅ》しながら歌の道を長く守り続けたという点では、当代に確固たる行跡《ぎょうせき》を残したことは確かであった。その残した歌は優に一万首を超える。

御集に『紅塵灰集』他がある（一四四二―一五〇〇）。

＊甲斐歌―東歌《あずまうた》の一種で、甲斐国（現在の山梨県）の民謡。

＊甲斐が嶺を嶺越し……―古今集・巻二十・甲斐歌。

＊蘇武の話―前漢の将軍の蘇武は匈奴《きょうど》に派遣されて長く幽閉され、雁の脚に音信を結び付けて故郷に届けたという「漢書」蘇武に載る故事。

＊正風体―定家、為家、為氏と続く二条家正統の歌風を言う。「まづ正風体を本とすべきなり。正風体を詠み据うれば、後にはいかやうにもなるなり」（細川幽斎・耳底記《じていき》）。

03

己《おの》が上《うへ》に生《お》ふる例《ためし》や忘草《わすれぐさ》罪あらぬ身を託《かこ》ち果てつつ

【出典】雪玉集・巻第五恋・二一六六

私は忘草を摘まずに貴方のことを忘れられないでいるというのに、自分は罪もないと思って他人のせいにして愚痴ですます貴方みたいな、忘草を自分で生やしているのに気づかない人もあるのですね。

文明十四年（一四八二）、大樹《たいじゅ》すなわち*足利義政《よしまさ》邸で行われた歌会《うたかい》での詠。時は後土御門天皇時代、実隆はこの年二十八歳だった。五年前の文明九年に応仁の乱がようやく終結し、実隆はその年参議《さんぎ》に昇っている。

「誤マラズニ恨マルル恋」という題は、過失がないのに恨《うら》まれるという意味の題で極めて珍しい。後の江戸時代の*『新明題《めいだい》和歌集』に同題での*柳原資《すけ》行《ゆき》の歌が見えるくらいである。

【歌題】不誤被恨恋。

【語釈】○生ふる―生える。○忘草―ヤブカンゾウの別称。人の憂さや記憶を忘れさせる草とされた。○託ち―愚痴をいう、恨む。

＊足利義政―室町幕府第八代将軍。応仁の乱時の将軍。

この歌は素材があれこれ込み入っていて、一読しただけでは何を言っているのか見当がつかない。が、『伊勢物語』三十一段の話を踏まえた*本説《ほんぜつ》取りの歌であった。主人公である男（業平《なりひら》）が宮中《きゅうちゅう》に出仕《しゅっし》したとき、ある女房の局《つぼね》の前を通りかかったところ、見覚えがない女性から「よしや、草葉よ。生《な》らむ性《さが》見む」と恨《うら》み言を言いかけられた。いいですよ、貴方の忘れ草がどこに生えるか、正体を見届けてやるわといった意味である。それに対して業平は「*罪も無き人を誓約《うけ》へば忘草己《おの》が上にぞ生《お》ふと言ふなる」、つまり、自分には覚えがない、訳《わけ》もなく人を呪《のろ》うと貴方自身の上にその呪いが返ってきますよ――忘れ草が生えますよ、という意味の歌を返した。すると傍らにそれを聞いて「妬《ねた》む女」もいたと記して物語はプツンと終わっている。

実隆の歌と「罪」の語や「己《おの》が上に生《お》ふ」が共通しているから、実隆がこの業平の歌を踏まえてこの歌を作ったことは確かである。ということは、この『伊勢物語』の話を下敷きにしないとこの歌は解けないということになる。

実隆の次男の*三条西公条《きんえだ》は父実隆から伝授された『伊勢物語抄』の中で、この最後の「妬《ねた》む女もありけり」について「かく（男と女が）言ひかはすを、妬む女も傍らに侍るべし」と注している。

銀閣寺（慈照寺）を造営した（一四三六―九〇）。

*新明題和歌集―題毎に分類した歌集。編者不明。宝永七年（一七一〇）刊。四七〇四首を収める。

*柳原資行の歌―「いかでかは託たれぬべき誰《た》が紐やあらばかくとは断らじ身を」（新明題集・三六四〇）。

*本説―作歌の原拠となった漢詩や物語、故事など、歌以外のものを指す。

*罪も無き人を誓約へば……―罪もない人を呪うと我が身の上に生えるというではありませんか。忘草はあなたにこそ生じますよ。

*三条西公条―父の実隆から古今伝授を受け、子、実枝《さねき》に授けた。源氏物語の注釈書『細流抄』をまとめた。『称名院集』として歌集がのこる（一四八七―一五六三）。

物語の最後になぜ、主人公の男女とは無関係なもう一人の「妬む女」が唐《とう》突《とつ》に出てくるのか、実はこのことが重要なヒントを与えてくれる。男は自分には非がないと言って居直《いなお》っているが、『伊勢』の作者は、この「妬む女」の存在を通して、実は男も非がないとは言い切れないのだと語ろうとしているのではなかったか。そして実隆はこの第三者の「妬む女」の身になってこの歌を詠じたのではなかったのか。いいかえればこの歌は、物語の主役にはなりきれなかったもう一人の陰の女の存在を踏まえることで成立する歌なのではないかということである。

私には罪がないと最初の女に言い切った時点で、男は傍《かたわ》らにいたもう一人の女性に対して不実《ふじつ》を働いていたことを忘れていた。男がこの第三の女にどういう仕打ちをしたかは分からないが、男がその女のことをすっかり忘れさっていたということは、男には忘草が生《は》えていたということになる。だからこの歌の「己《おの》が上《うへ》に生《お》ふる例《ためし》や忘草」とは、原作が言うように最初の女の身の上に生える忘草を指して言ったのではなく、男自身の上にすでに生えている忘れ草だと言いたかったのではなかったか。この解釈に従えば、後半の「罪あらぬ身を託ち果てつつ」も、男は自分には罪がないのにと散々託っているが、実は男にはもう一人捨てた女性がいた。つまり罪がちゃんとあったことになる。そういう身勝手な男を当てこすって、実隆は、相手の上だけでなく自分の上に忘草が生える「例《ためし》」だってあるのだよと言いたかったのであろう。

ここには業平という理想的な色好《いろごの》み像に対する中世的な変容《へんよう》がある。傍らにもう一人見捨てられてその存在さえ忘れられている「妬む女」がいたというのは、理想的な色好みとしての業平像を裏切るものだった。優《ゆう》なる業平であれば、たとえ身に覚えがなくとも相手にもっと思いやりをもって然るべきである。「誤ラズニ恨マルル恋」とは、表向きのことであって、この場合、誤ったために恨まれるという、そういうもう一つの恋で詠まれた題であったのだろう。つまり相手への思いやりに欠け、自分には罪がないと言い切ってしまう不実な男の態度を責めているのである。実隆は、物の数にも入らないような相手に対しても、理想的な男であるのなら思いを寄せなければならないと訴えたかったのかもしれない。

いずれにしても、この歌は裏の裏をかくような複雑な恋の状況をうたった歌といえそうである。伝統に対して新機軸を出すために、こういう隘路《あいろ》に入り込むのも中世の歌ではよくあることだった。

【参考】伊勢物語・三十一段の原文を掲げておく。

昔、宮の内にて、ある御達《ごたち》の局《つぼね》の前を渡りけるに、何の仇《あだ》にか思ひけむ「よしや、草葉よ。ならむ性《さが》見む」と言ふ。男、

罪もなき人を誓《うけ》へば忘草おのが上にぞ生《お》ふといふなる

と言ふを、妬《ねた》む女もありけり。

04

忘るなよ三笠《みかさ》の山を射《さ》してこそ知らぬ海辺《うみべ》の月も見つらん

【出典】雪玉集・巻第十三・五十首・五三三五

忘れるでないぞ。今夜三笠山の上を照らし出すこの月が変わらずあるからこそ、昔、阿倍仲麻呂《あべのなかまろ》が中国の見知らぬ海辺で見たという月もあるのだということを。

【歌題】山月。

【語釈】○三笠の山―奈良春日大社の東にある神域の山。若草山と高円《たかまど》山の間にある。

実隆四十五歳の明応七年（一四九八）十二月五日に詠んだ「春日社若宮奉納百首」の中の「山ノ月」題の一首。自注によれば姉小路宰相基綱《もとつな》と二人で奉納《ほうのう》した百首で、版本《はんぽん》の詞書《ことばがき》には瑞夢《ずいむ》を得て詠んだとある。春日社は藤原氏の氏神であった。

題にそって、奉納対象である春日社の神域である三笠山の月を詠み込む。第四句に「知らぬ海辺」とあるのは一見、作者が今地方の海辺にいて、奈良の三笠山の月を思い出して詠んでいるように取れるが、言うまでもなくこれは「百人一首」にも採られて有名な＊阿倍仲麻呂《あべのなかまろ》の歌「＊天《あま》の原ふりさけみれば春日なる三笠の山に出でし月かも」を踏まえたもので、仲麻呂がいた中国の海辺を指す。「見つらん」という第五句がそのことを指し示している。

三笠山に出る月が昔も変わらずにそこにあったからこそ、仲麻呂は異国の地でもその不変の月を見て懐かしく思ったであろうとうたう。しかし初句《しょく》「忘るなよ」は、ほかでもない自分に向かって強く呼びかけた言葉であって、仲麻呂に向かって呼びかけたのではない。「忘るなよ」と初句を強く打ち出し、「射してこそ」と「こそ」で強調する詠み方には、単なる山の月をうたったのではない実隆の意気込みが出ているようである。

この百首が藤原氏の氏神である春日社に奉納された歌であることを考えれば、昔仲麻呂も見たというこの三笠山の月が、現在の実隆自身の身の拠り所として意識されたとしておかしくはなかった。01の歌でも「春日山」を詠んでいたが、あるいはこの月は、自身の流動的な身の置き所に対して、いつの世も変わらない不変の指針を確立しようとする実隆の願望を象徴するものであるのかもしれない。

＊阿倍仲麻呂―遣唐留学生として中国に渡り、在唐五十四年で長安に没した（七〇〇頃―七七〇）。補説参照。

＊天の原ふりさけみれば…―古今集・羇旅・四〇六。詞書「唐土にて月を見て詠みける」。

【補説】仲麻呂については古今集の左注は「この歌は、昔仲麿を唐土《もろこし》に物習はせに遣はしたりけるに、数多《あまた》の年を経てえ帰り参《まう》で来ざりけるを、この国より又使まかり到りけるに違ひてまうで来なむとて出でたりけるに、明州といふ所の海辺にてかの国の人、馬の餞《はなむけ》しけり。夜になりて月のいと面白く出でたりけるを見て詠めるとなむ語り伝ふる」という。明州は現浙江省寧波《にんぽー》。

05

秋風も心あるべき宿《やど》なれや掻《か》きなす琴《こと》に初雁《はつかり》の声

【出典】雪玉集・巻第十三・五十首・五三二四

吹いてくる秋風までが心あるように思える宿であるよ。誰かがかき鳴らす琴の音《ね》に合わすように、初雁の声までが風に運ばれてくる。

【歌題】初雁。

【語釈】○心あるべき―風雅を心得ているような。○初雁―秋になって北から渡ってくる初めての雁。

前歌と同じ「春日社若宮奉納百首」中の一首。題は「初雁」である。『玉葉集』衣笠家良《きぬがさいえよし》の歌に「わがために来るとも聞かぬ初雁の空に待たるる秋にもあるかな」とあるように、秋の深まりとともに渡ってくる初雁は、秋の風情を告げるものとして愛されてきた。「初雁」題の本意は、待ち望む対象として雁を詠ずることにあった。

実隆はその「初雁」を詠む前に一つの趣向を用意する。『古今集』壬生忠《みぶのただ》

＊わがために来るとも聞かぬ……―玉葉集・秋上・五七四。詞書「宝治百首歌に初雁を」。

岑《みね》の「＊秋風に搔きなす琴の声にさへはかなく人の恋ひしかるらむ」を本歌《ほんか》として踏まえ、「秋風も心あるべき」とした点である。秋の夜に聞こえる琴の音は人の心を物寂しくさせ、人恋しさを募《つの》らせる。実隆は、忠岑の本歌が心ならずも人を悲しみに誘う琴の音だと詠むのを取りなして、琴の音が折に合い時宜《じぎ》に適う願わしい「心あるべき」ものとしてまず演出した。

「心あるべき」という表現は、西行の歌に「＊月を待つ高嶺《たかね》の雲は晴れにけり心あるべき初時雨《はつしぐれ》かな」とあるように、人の心に叶《かな》う情景や望むべき状態を指す言葉である。厳密に考えれば、そうあることを願っている状態なのか、もうその状態が実現している状態なのかは「べき」の取りようによって違ってくるが、実隆のこの歌では、「心あるべき宿」と「宿」へ続けていることから考えると、作者は、宿のどこかから秋風に乗って聞こえてくる琴の音にしみじみと聴き入り、その音を「心ある」ものとして受け止めていることが分かる。そして、独り宿にいてその琴の調《しら》べを聴き入っている作者の耳に、もう一つ空のかなたから、思いもよらず今年最初に聞く初雁の鳴き声が届けられたという趣向である。

題は「初雁」だから、この歌のメインとなる主題は、初雁の声を聞くこと

＊秋風に搔きなす琴の……―古今集・恋二・五八六・忠岑。

＊月を待つ高嶺の雲は……―新古今集・冬・五七〇・西行。これまで高嶺にかかってい た時雨の雲が晴れて、心ゆくまで月が眺められるようになった。初時雨の雲も心あることをしてくれたものよ。

にある。実隆が、雁の声より先に琴の音《ね》の方を置いたことにはなにか理由があるのだろうか。初雁が琴の音を聞きつけて飛来《ひらい》したと因果的《いんがてき》に捉えることはもちろん飛躍があり、そのようにうたった先例も見当たらない。「心あるべき宿」としたのは、秋の情趣を増すように琴を奏でるこの宿の優雅さを称揚《しょうよう》したものであるが、作者はその宿にのみ心を惹《ひ》かれているわけではなく、メインはあくまでも「初雁」の声を聞くことにある。

この歌のポイントは、実隆が、「琴」の音を出すことによって「初雁」の声と結びつけるある心理的要因を施《ほどこ》したところにあるのではあるまいか。作者のイメージの中では、琴と雁を繫《つな》ぐ何らかの連想が働いているのではないかということだ。

実は、琴の弦を支えて斜めにV字型に並ぶ琴柱《ことじ》は、雁が連《つら》なって飛ぶ雁の列を思い起こさせるものとして知られていた。たとえば権中納言長方《ながかた》の歌に「*引き連ね琴柱《ことぢ》を立てて帰る雁《かり》波ぞ調《しら》べの声合はすなり」という歌がある。雁の連なる列を「琴柱」に見立てているのである。つまり実隆はこの発想によって、琴→琴柱→雁の列→初雁と繫がる連想の糸を働かせて、初雁の声を「琴の音」につながるものとして必然化したのである。

＊引き連ね琴柱を立てて……——長方集・十一、夫木抄・春・一六一六・水上帰雁・権中納言長方。

「琴の音」を運んで来たのは「秋風」であった。そしてそれはまたタイミングよく、待ちわびていた「初雁の声」を空から運んできてくれた。こうして「琴の音」から「初雁の声」への繋がりはスムーズになる。そして、そういう場を作者に折よく用意してくれたのが「宿」にほかならず、また「秋風」だった。歌の措辞《そじ》からいえば、二句めの「心あるべき」とは「心あるべき宿」であると同時に「心ある秋風」という掛詞《かけことば》的な表現として働いているということになる。

この、琴↓琴柱↓雁の列↓初雁へと繋がっていく連想のあり方は、当時盛んに流行していた*連歌《れんが》の発想に通じるといってよいように思われる。実隆も連歌の達者《たつしゃ》であったことは、家集『雪玉集』や*『再昌草』に連歌がかなり再録されていることから十分に窺《うかが》えることである。実隆は、連歌の付合《つけあい》のような方法でもって、歌には詠み込まれていない「琴柱」を暗に間に置いて、この歌に新しさを付加したのである。琴の音から雁を結びつけることは一見するとかなり飛躍のようであるが、それは連歌的手法を借りての、練りに練られた趣向に裏打ちされていたということができる。

*連歌の発想に通じる—実隆と連歌の関係については、次の06の歌や、11、19などでも触れる。

*再昌草—実隆が四十七歳の明応十年（一五〇一）から死の前年の天文五年（一五三六）までに書きためた詠草集。基本的には一年一冊の編集になる。実隆自身は「再昌」と名づけていたようで、近年は単に「再昌」と呼ぶようになった。

06

枝ながら見むも幾《いく》ほど色変はる下葉《したば》はもろし萩《はぎ》の上の露

【出典】雪玉集・巻第十三・五十首・五三二二

萩の上におりた露を、枝を折り取りもせずにそのまま愛《め》でようと思っても、どれほどの間見ることができようか。色の変わった下葉は脆《もろ》くて散りやすいので、露もすぐに落ちてしまう。

引き続き「春日社若宮奉納百首」から。「萩ノ露」の題。

秋の野に乱れて咲く萩の花は古来からその可憐さを歌にうたわれてきたが、さらに『続《しょく》拾遺集《しゅういしゅう》』の歌に「さらぬだに心置かるる萩が枝《え》に露も徒《あだ》なる秋の夕風」*とあるように、その萩の上に置いたはかない露もまた、人々の心をやきもきさせるものとしてうたわれてきた。萩の可憐《かれん》さと露のはかなさが重ねられて人の心を誘ったのである。

【歌題】萩露。

【語釈】○枝ながら―折り取らずに枝のままで。○幾ほど―幾程。どのくらいの間。○下葉―紅葉するとき下葉から色が変わると見られていた。

＊さらぬだに心置かるる…―

実隆自身にも、後年、天文《てんぶん》二年（一五三三）の作かと思われる「行路ノ萩ノ露」という題で詠んだ、

＊いかにせむ折らでも露は落ちぬべし分くる真袖《まそで》にかかる秋萩

という歌がある。「百人一首」の文屋朝康《ふんやのあさやす》の、露を玉に見立てた＊「白露に風の吹きしく秋の野は貫《つらぬ》きとめぬ玉ぞ散りける」という歌を本歌にしたもので、折らなくても露は落ちるが、まして袖にまといついた萩はもっと早く落ちてしまうとうたったもの。右の歌とほとんど同想とも言える歌であるが、この掲出歌にはどこに新しさがあるのか。

この歌にも本歌がある。それは＊「萩の露玉に貫《ぬ》かむと取れば消《け》ぬよし見む人は枝ながら見よ」という『古今集』の読人知らずの歌である。萩に置く美しい露を手に取ると消えてしまうので、手に取らずにそのままの状態で見なさいと勧めた歌である。実隆はその「枝ながら見よ」の句を取って、そうしたいのはやまやまだが、しかし枝ながら見ることはとてもできないことだとひっくり返したのである。本歌が、枝ながら見ることで少しでも永く露を賞美しようとするのに対して、実隆は、枝のまま見ても無理なことだと述べ、露のはかなさと散りやすさの方を強調したのである。これが趣向の一つ。

続拾遺集・二四七・権中納言公守。詞書「萩ノ露といふことを」。

＊いかにせむ折らでも……―雪玉集・巻十五・六三六六。

＊白露に風の吹きしく……―後撰集・秋中・三〇八・文屋朝康。

＊萩の露玉に貫かむと……―古今集・秋上・二二二・読人知らず。

実隆が狙《ねら》った二つめの趣向は、第四句で「下葉はもろし」と「もろし」という言葉を使った点であろう。草や木の下葉を「もろし」とうたった歌は、実は「*もろく散る花の籬《まがき》の露の上に宿るも惜しき月の影かな」（玉葉集・隆《たか》教《のり》）、「*もろくなる柳の下葉かつ散りて秋もの寒き夕暮れの雨」（風雅集・新右衛門督《えもんのかみ》）「*もろくなる桐の枯葉は庭に落ちて嵐にまじる村雨《むらさめ》の音」（同・永福門院）、「*山嵐にもろく落ちゆく紅葉ばの留まらぬ世にかくこそありけれ」（同・後伏見院）等々、中世の主流二条《にじょう》派からは異風とされた京極《きょうごく》派歌人の歌に多く見られる表現であった。

実隆は、基本的には題詠《だいえい》を中心とした二条派風の正統を継ぐ歌人とみてよいが、その実隆がこの歌で「下葉はもろし」と詠んだのである。もっともこの語は、後に実隆と並んで「*三玉集」歌人と評された*後柏原院《ごかしわばらいん》や*下冷泉政《しもれいぜいまさ》為《ため》の歌にも同じ表現を見出すことができるから、堂上家《どうじょうけ》の世界でもどうやら本来は嫌われていた「もろし」という語は、流派を超えて人気を得たと言ってよい。

なぜ人気が出たのであろうか。実は「下葉」を「もろし」とする表現は、連歌の世界ではいち早く定着していた表現であり、いくつかの用例を指摘す

*もろく散る花の籬の……―玉葉集・秋下・六五〇・大蔵卿隆教。

*もろくなる柳の下葉……―風雅集・秋下・六四三・宣光門院新右衛門督。

*もろくなる桐の枯葉は……―同・秋下・七一一・永福門院。

*山嵐にもろく落ちゆく……―同・雑上・一五九三・後伏見院。

*三玉集―後柏原院の「柏玉集」、三条西実隆の「雪玉集」、冷泉政為の「碧玉集」の総称。

*後柏原院―第一〇四代天皇（一四六四―一五二六）。父の後土御門院と共に朝儀の復興や歌道の隆盛に尽力した。

*下冷泉政為―上冷泉為広や

ることができる。たとえば、文明七年（一四七五）十一月に*専順《せんじゅん》や*紹永《じょうえい》、*兼載《けんさい》らが美濃の因幡《いなば》で行った「因幡《いなば》千句」では、「下葉は花ももろき萩が枝《え》」という付句《つけく》を見出すことができる。

実隆はそうした連歌の表現から、「下葉はもろし」という語を、自身の歌に転用したのではなかったか。室町時代の和歌には連歌の影響が強いということはしばしば指摘されることだが、前項の歌でも見たように、実隆は連歌にも長《た》けていた。この歌からもそうした実隆の連歌好みの一端が垣間《かいま》見られるようだ。実隆の趣向のつくし方がどの辺りにあったか、そうした例の一つと言ってよいであろう。

いずれにせよこの歌は、手に取ればもちろん、枝に置いたまま見ても下葉では露は慌ただしく落ちるので、ゆっくり萩に下りた露を愛《め》でることは出来ず、残念なことだと嘆いた歌である。こういう些細《ささい》な一事でも、歌の題に出れば新しい趣向を凝らさないとならない。それが室町時代の歌の作り方の基本であった。

実隆とともに堂上和歌の指導者として活躍した（一四五五—一五三三）。

＊専順—宗砌《そうぜい》に学んだ室町時代中期の連歌師（一四一一—一四七六）。宗祇と同時代で連歌七賢の一人。

＊紹永—専順の弟子の連歌師。生没年未詳。

＊兼載—連歌師猪苗代《いなわしろ》兼載（一四五二—一五一〇）。宗祇と「新撰菟玖波集」の編纂に当たる。心敬・正徹に学び、歌人としても活躍した。

07

吹くからに風の柵《しがらみ》掛けも敢《あ》へずまた山水《やまみづ》にゆく木《こ》の葉かな

【出典】雪玉集・巻第十三・五十首・五三三二

山おろしの荒い風が吹くにつれて、せっかく落葉が作った柵《しがらみ》のような紅葉の重なりが、また川の水に流されていってしまうことよ。

【歌題】落葉。

【語釈】○柵—水流を調節するために川に立てる木の杭。○敢へず—堪《こら》えきれずに。

＊山川に風の掛けたる柵は…—古今集・秋下・三〇三・列樹。

＊吹くからに秋の草木の…—

もう一首「春日社若宮奉納百首」から。「落葉」の題である。「柵《しがらみ》を掛ける掛けない」という表現からみて、この歌が「百人一首」にも採られた『古今集』の「＊山川《やまがは》に風の掛けたる柵《しがらみ》は流れも敢へぬ紅葉なりけり」という春道列樹《はるみちのつらき》の歌を本歌にしていることは明らかである。もっとも、「吹くからに」と始めていることや「風」「山」の語の共通性から、同じく「百人一首」に載る文屋康秀の「＊吹くからに秋の草木のしほるればむべ山風を嵐と言ふらむ」という歌も、意識の一端にあったはずである。「柵も掛けられない」といっているのだから、実隆の歌の「風」も康秀のいう「嵐」のような強風なのだろう。

いずれにせよ、実隆のこの歌は、せっかく風が掛けた紅葉の柵を、相変わらず風が吹き続けるので、その柵がふたたび流されてしまうという意味だと考えられよう。

列樹の「山川《やまがは》に風の掛けたる柵《しがらみ》」とは、通説では、風が紅葉を堰《せ》き止めて作った柵のことを指す。現代の『古今集』の注釈類でも、「＊山間の川に風が架けていく柵と思ったものは、実は流れようとして流れないで留まっているもみじであったことよ」となっている。この通説の解釈では、一旦《いったん》風によって作られた柵は、いつまでもそこに留まっていてふたたび流されるようなことはなさそうである。

ところが、実隆の三条西家が関わった「古今注」の列樹歌の注はちょっと違っていた。三条西家流の注釈では「＊止《と》まりて水を堰《せ》くにはあらず。吹きかけ吹きかけしたるを言ふなり」とか、「＊是ハ木ノ葉ノ流レテ堰《せ》カレタルヲ柵トイフニテハナシ。紅葉ヲ間断《けんだん》モナク風ノ吹キカケ吹キカケスルヲ、風ノカ

古今集・二四九・康秀。

＊山間の川に風が――小島憲之・新井栄蔵校注『新日本古典文学大系古今和歌集』（一九八九・岩波書店）の解釈。

＊止まりて水を堰くには……――宗祇から実隆に伝授された『両度聞書』の注。

＊是ハ木ノ葉ノ流レテ……――実隆の孫実枝《さねき》が細川幽斎に伝えた『伝心抄』の注。

ケタルトイフ也」と明確に言い切っている。つまり、一旦は水面に何枚か紅葉が重なってあたかも柵のように見えることがあっても、その紅葉を風が間《かん》断《だん》なく吹きつけるので、その紅葉はまた風によって流されていくというのだ。

とすれば、実隆は、この説に従って、散った木の葉が流れ切れないで一旦は柵を形成するように見えても、結局は柵を形成することもなく、次に吹いてくる強い風によってふたたび下流に流されていく様子を捉《とら》えて「掛けも敢へず」とうたったということになる。

伝統的な解釈では、風に散らされた木の葉が流れ着くのは流れが滞留《たいりゆう》して紅葉が溜《た》まっている所であり、その吹き溜りの場所を指して「柵」と言っているのに対し、実隆のイメージでは、風が散らして一旦溜まるように見えた紅葉の群が、今吹いた風によってふたたび川の流れに運ばれていくという光景を詠じていることになる。いうならば、実隆の歌では、ちゃんとした柵は形成されないまま、紅葉が流れていく流動性が命となっているのだ。

列樹の歌の解釈としてどちらがいいかは読者によって違ってくるだろうが、少なくとも実隆がこの歌を作った時には、三条西流の家説《かせつ》によって詠んだことは確かであろう。「吹くからに風の柵掛けも敢へず」という上句は、そういう解釈からしか出てこない。山中の川を流れる木の葉は、常に不断の動きの中で押し流されていくのである。

歌の作り方が、同じ紅葉の柵を詠むのでも、流派の解釈によってことなった結果を生むというのが興味深い。この時代は二条派の注や、冷泉《れいぜい》流の注、飛鳥井《あすかい》家の注など、流派によって解釈を争いあっていた時代であった。いわゆる「*古今伝授《こきんでんじゅ》」がそうした解釈を分立《ぶんりつ》させることになったのであるが、宗《そう》祇《ぎ》から古今伝授を受けた実隆がどういう注を受けたのかは厳密には分からないとしても、こういう歌があるところをみると、実隆が宗祇の二条流の説をそっくり踏襲《とうしゅう》したのだとは思われない。

古歌に対する解釈の違いが、こうした一首の歌の創作上に反映されたのはめずらしい例といえるのではあるまいか。この歌はおそらく三条西家の家説がなければ成立しなかったであろうと思われ、そういう点でも注目していい歌である。

*古今伝授―古今集の解釈上問題になる箇所を秘伝の形で個人から個人へと伝えていくもの。東常縁《とうのつねより》が宗祇に伝えたものが最初とされる。実隆も宗祇から伝授を受け、子の公条に授けている。

08

深からぬ齢《よはひ》のほどに惜《を》しみしはただ大方《おほかた》の年《とし》の暮れかな

【出典】雪玉集・巻第四冬・一七七四

それほど年もいかない年齢のときも、毎年の暮れを惜しんだものだが、それはただ一年が過ぎ去っていくことを悲しむ程度の世間並みの思いでしかなかったなあ。

【歌題】歳暮。

【語釈】○深からぬ―それほど年がたけていない。

*行く年の惜しくもあるかな……―古今集・冬・三四二・貫之。

同じ年末の感慨でも、若いうちは新年を迎える喜びの方を強く意識するであろうが、年を取ってくると、また年を重ねることの方を悲しく感じるものだ。紀貫之の*「行く年の惜しくもあるかな増鏡《ますかがみ》見る影さへに暮れぬと思へば」という歌は、そういう老いの歎きを自分の容貌《ようぼう》に重ねてうたったもの。

実隆の歌の、初・二句「深からぬ齢」という言い方はかなり特異である。年齢を「深い」と表現した例は古歌にはない。この歌は文亀《ぶんき》二年（一五〇二）四月の月次御会での「歳暮」題の歌。後柏原天皇に代替わりして二年目、実隆は四十八歳、当時にあっては確かにもう若いとは言えない年でもある。若かったころの自分を回想して、あの頃の自分は年末になってもまだ一年という月日がたったことを大方に惜しむ程度で、年齢のことなどあまり思ってはいなかったと振り返った歌である。正徹《しょうてつ》にも「*いくつ寝て春ぞと人に問ひし頃待ち遠なりし年ぞ恋しき」という、若い頃の年暮の楽天的な過ごし方を懐かしんだ歌がある。実隆はこの正徹の歌を見て刺激を受けたに違いない。

　実隆は自分が年老いてきたことをようやく意識し始めている。「深し」にはまた、「秋深し」とか「深き夜」というように時間の経過を表わす使い方もある。実隆は「深からぬ齢」とあえて言うことによって、年齢の深まりという歎きをしみじみと感じているのである。四句めの「ただ大方の」という言い方も、「深からぬ」と同じような逆向きの言い方で共通していよう。

　しかしこの歌には、加齢《かれい》を直接嘆いた言葉が使われていない。「歳暮」の題で*老いの加算を嘆くことは常套《じょうとう》としても、それを深刻でなくサラリとうたい流すことにおそらく実隆の意図があった。そういうふうに若い頃を振り返って自分の老いを際立たせることもまた一つの工夫だった。

*いくつ寝て春ぞと人に……―草根集・四二五七。昔はあといくつ寝ると正月かとよく人に尋ね新年を待ち遠しく思ったものだが、今となってはそんな昔が恋しいという。

*老いの加算―たとえば藤原明衡《あきひら》の「白妙に頭の髪はなりにけり我が身に年の雪つもりつつ」（後拾遺集・冬・四二三）など。

09

年《とし》も経《へ》ば鏡《かがみ》の影に落ちぬべし黒き筋《すぢ》なき滝の水上《みなかみ》

【出典】雪玉集・巻第六雑・二二二八

さらに何年かたったら、滝の水上のこの鏡のような水面は、私の髪の影を落とし、黒い筋がまったく映らない白一面に変わるのであろうよ。人間が年をとると真っ白な白髪頭に変わるように。

【歌題】滝。

【語釈】○鏡の影—鏡に映った自分の姿。滝の水面に映った影を言う。貫之の歌による。○黒き筋—髪の毛の黒い筋を暗示する。

これも「滝」にこと寄せて嘆老《たんろう》の思いをさりげなくうたった作。前歌の翌月、五月の月次御会に提出された歌である。

滝は本来は山中を流れる川の急流の部分を言う。また『古今集』雑《ぞう》に並ぶ滝の歌に「布引の滝にて詠める」「吉野の滝を見て詠める」「龍門に詣でて滝の下にて詠める」といった詞書が続くように、実際に滝を見て詠んだ例が多く、*その飛沫を「玉」に、白い水の筋を「白糸」に、白い水の幕を「白布」

*その飛沫を玉に—たとえば院政期の女房常陸《ひたち》の歌に

などに見立てて詠むのが普通だった。しかし、この実隆の歌はそういう常套の形容語を一つも持っていない。

この歌が本歌にしたのは、『古今集』の忠岑の*「落ちたぎつ滝の水上《みなかみ》年積もり老《お》いにけらしな黒き筋なし」という歌である。滝の水流に黒い筋が見えないのは、川も年を取って髪が白くなったせいかとうたった機知《きち》の見立て歌である。しかしこの忠岑の歌は、川の流れが老いたとうたったものであって、そのままでは自分の老いの歎きとはつながらない。そこでもう一つ、鏡に映る自分の髪が白雪のようになったとはっきりうたった貫之の物名《もののな》歌*「うばたまのわが黒髪や変はるらん鏡の影に降れる白雪」を持ってきて、「鏡の影」の句を援用《えんよう》し、自分の白髪が後年にはこの川の水鏡に真っ白に浮かぶだろうという意を重ねたわけである。

しかしこの思いつきは凝《こ》りすぎて回りくどく、リアリティに欠けるというべきだろう。「年も経ば」と仮定しているから、実隆の髪には実のところまだ黒い部分が残っていたのであろうし、何年か先のことに想像をふくらまして言っても、直接胸を打たないからだ。03の歌でも触れたことだが、古歌《こか》の語句を巧みに切り取ってうたう歌にはありがちな落し穴というべきだろう。

「山高み落ちくる滝の白糸を結ぶ雫《しづく》に玉ぞこぼるる」（永久百首・五三九）という歌がある。

＊落ちたぎつ滝の水上……—古今集・雑上・九二八・忠岑。「日枝《ひえ》の山なる音羽の滝を見て詠める」と詞書にある。「水上」に「皆髪」を掛ける。

＊うばたまのわが黒髪や……—古今集・物名・四六〇。「紙《かみ》屋川《やがは》」を詠み込んである。

10

年《とし》をへて宿《やど》にまづ咲く花しあれば待たでも来鳴く春の鶯《うぐひす》

【出典】再昌草・第三・一二六、雪玉集・巻第一春・九六

また一年が巡って私の宿に、他に先駆けてまず梅の花が咲いた。してみればそう待ちこがれなくても、まもなく鶯がやって来てその梅の木で鳴くことであろうよ。

詞書によれば、文亀三年（一五〇三）六月二十四日の月次御会《つきなみごかい》に提出された詠。実隆はこの年四十九歳。

「宿にまづ咲く花」とは庭の梅のこと。「花」とあれば桜を指すのが普通であるが、『古今集』の時代にはまだ梅と混在していた。これは紀貫之《つらゆき》の「春来れば宿にまづ咲く梅の花君が千歳《ちとせ》のかざしとぞ見る」*という歌を本歌としているから梅であることは明らか。同じ貫之の「百人一首」歌「人はいさ心

【歌題】鶯。

【語釈】○年をへて―また一年がたって。「年月が経て」とも訳したくなるが、ここは鶯の本意から一年の意。○花―梅の花。

＊春来れば宿にまづ……―古今集・賀・三五二・貫之。

も知らず古里は花ぞ昔の香に匂ひける」の「花」も梅である。

鶯といえば梅が付き物であるが、一首の眼目《がんもく》は第三句の「待たでも来鳴く」にある。まだ雪の残るうちから里に下りてくる鶯は、春の到来を最初に告げる鳥と見られてきた。壬生忠岑《みぶのただみね》の歌に「春来ぬと人は言へども鶯の鳴かぬ限りはあらじとぞ思ふ」*とあるように、鶯の声を聞かない限りは春が実感出来ないというのが定型的な美意識であった。鶯は、桜や初夏のホトトギスと同様、待たれるものとしてお馴染みであったのだが、そうした常套を逆手《さかて》にとって、待たなくても必ず来て鳴くよと、あえて伝統に背《そむ》くポーズを見せたところに実隆の狙い目がある。待たずとも鶯は必ずやってくると鷹揚《おうよう》に構えるところに新味《しんみ》を出したのである。

すでに何度か述べたように、実隆の時代における歌の詠み方は、伝統的な美意識の中にいかに新味を出すかというところにあった。この歌などは、風流の士である実隆の面目がよく表われた歌であろう。初句を「年をへて」とゆったり切り出したのもおおらかである。「年をへて」には、あれから一年がたった、鶯が鳴くのを一年も待ち続けたのだから、梅さえ咲けば鶯はもうすぐだという喜びが隠されている。

*春来ぬと人は……―同右・春上・十一・忠岑。

11

水鶏《くひな》なく浦の苫屋《とまや》の夜の月心ある海人《あま》のなどかなからん

【出典】雪玉集・巻第十二・四七一一

この夏の夜、情趣を解さないあの水鶏までが、浦の苫屋にかかる月の美しさに感じ入って鳴いている。ましてや情趣を解する海人がいないはずはあるまい。きっとこの月を見上げていることだろう。

前歌と同じ文亀三年の重陽《ちょうよう》の日の公宴の出詠歌。題は「浦ノ夏ノ月」。後柏原天皇と競作した歌だ。

「夏ノ夜ノ月」は、頓阿《とんあ》の『草庵集』に「*み熊野の浦こぐ舟のほのぼのと月をばよそに明くる短夜《みじかよ》」とあるように、夏の夜の明けやすさを主眼に置き、「浦」を示す「舟」や「海人」を点綴《てんせい》するのが普通である。実隆も「浦の苫屋」と「海人」を散りばめているが、その他におよそ海岸の風物として

【歌題】浦夏月。

【語釈】○水鶏―クイナ科の水鳥の総称。鳴き声が戸を叩く音に似ているとされた。○苫屋―苫で屋根を葺いた粗末な小屋。○海人―漁師。

*み熊野の浦こぐ舟の…―草庵集・三六四・花山院中納

はあまり例のない「水鶏」を取り込んだところがまず目に立つ。

　実隆はこの歌が気に入っていたのか、二十年も経た大永《だいえい》四年（一五二四）の『伊庭《いば》千句』の中で、この歌に酷似した「*水鶏だに心あるべき月なれや」という連歌を詠んでいる。「水鶏」と「月」、それに第三句の「心ある」をそのまま取りこんで作ったとしか思われない一句である。心なき水鶏でさえもこの月を見ては感動するとうたっている。

　水鶏は、伝統的な和歌の世界では、その鳴き声が戸を叩く音に似ていることから、『拾遺集』読人知らずの歌に「*叩くとて宿の妻戸《つまど》を開《あ》けたれば人も梢《こずゑ》の水鶏なりけり」とあるように、夜更けて誰かが訪れてきた音と勘違いされ、女性たちにとっては特に無粋《ぶすい》な鳥として詠じられた。つまり、人の気持ちを思いやる心を持たない「心なき」鳥であった。

　初句「水鶏なく」の「鳴く」は、右の連歌などを参考にすると、「心がない」水鶏でも今宵の月に感動して鳴き声を立てるという意味を含んでいるとみなすことができよう。とすれば、上句《かみのく》は「情趣を解さない水鶏までもがその美しさに感じ入って鳴くような浦の苫屋の夜の月であることよ」といったような意味になろう。したがって、下句《しものく》「心ある海人のなどかなからん」で

言家五首「浦夏月」。

*水鶏だに心あるべき……古典文庫『千句連歌集七』（古典文庫四七一冊・一九八五）所収「伊庭千句」。宗碩《そうせき》・宗長・実隆三人の連句に願主伊庭貞和の句が加わって京都の宗碩の庵で行われた。

*叩くとて宿の妻戸を……拾遺集・恋三・八二二・読人知らず。

実隆の言わんとするところもおのずから分明《ぶんめい》というもの。

実は室町時代初期の正徹の歌に、この実隆の歌の下句とそっくりな「人に寄る波の月かは難波江《なにはえ》に心ある海人もなどかなからん」という歌がある。*「人に寄る」は波の縁語《えんご》。それに掛けて、人によってこの波が打ち寄せる浦の月は見方が異なるであろうか、いやそうではなく誰にとっても美しい月だとうたい、この難波の入江にも情趣を解する海人がいないはずはない、というのである。正徹の脳裏にはこのとき、能因《のういん》が詠んだ「心あらん人に見せばや津の国の難波あたりの春の景色を」という名歌が意識されていたのに違いない。海人は能因が言う「心あらん人」とは決して言えないが、そういう海人の中にも「心ある」人は必ずいるはずだというのだ。実隆がこの正徹の歌に学んでこの歌をよんだのはほぼ確かであろう。*

初学者《しょがくしゃ》向けの連歌の作法書、宗長《そうちょう》の連歌論書の連歌作例に「浦霞む難波の春の朝／海士《あま》もなどかは心なからん」とあるのは、右の正徹の歌が早くも連歌の世界で定着していたこと、あるいは逆に正徹が連歌から摂取《せっしゅ》したことを物語っているが、いずれにせよこれは、二条派であった実隆にとって「異風」とされていた正徹の歌であれ、連歌であれ、気に入った趣向があれば取

*人に寄る波の月かは……──草根集・四〇七七「浦月」。

*心あらん人に見せばや……──後拾遺集・春上・四三・能因。

り込むのにやぶさかではなかったということを示してもいる。

また、実隆の歌の第二句「浦の苫屋」は、おそらく『新古今集』の三夕《さんせき》の一つ「見渡せば花も紅葉もなかりけり浦の苫屋の秋の夕暮」*という定家の歌から借りたもの。また海岸で聴く「水鶏」というなら、『源氏物語』明石巻《あかし》で、源氏が初夏の月夜の晩、明石入道と琴を合奏する場面の一節「はるばると物の滞りなき海面《うみづら》なるに、なかなか春秋の花・紅葉の盛りなるよりはただそこはかとなう茂れる影どものなまめかしきに、水鶏のうち叩きたるは、誰《た》が門鎖《かどさ》してと哀れに覚ゆ」とあるのが思い出される。ほかならぬ定家の右の歌自体がこの明石巻の場面を踏まえたとされており、実隆が自歌の背景にこれらの語やシーンを置いたとみてほぼ間違いあるまい。そのことによって、歌には珍しい海岸の水鶏という取合わせを違和感ないものとし、全体を優雅に仕立て上げることに成功したのである。

こうみてくれば、浦の夏の月の情趣をうたって、通常は「心ない」とされる「水鶏」と「海人」の二つを「心ある」ものとして切り返したところにこの歌における実隆の野心があったと納得されよう。後年、彼がふたたび連歌で同じ情趣をうたったのも故《ゆえ》なしとしなかった。

＊見渡せば花も紅葉も……—新古今集・秋上・三六三・定家。『源氏物語』明石巻のシーンを踏まえるとされる。

12

落つと見し波も凍りて滝《たき》つ瀬《せ》の中にも淀《よど》は冬ぞ知らるる

【出典】再昌草・第五・七三六、雪玉集・巻第四冬・一六〇七

落下したばかりの波もすぐに凍ってしまう。しかし、激しい流れの早瀬の中にところどころ見える淀みの白さの方がくっきりと冬の寒さを伝えていることだ。

永正二年（一五〇五）二月の月次御会での歌で、題は「滝ノ氷」。実隆五十一歳の時の作。

「滝ノ氷」題の本意は、いうまでもなくどんなに激しい滝の流れでも冬になると氷ってしまうとうたって、冬の極限的な寒さを詠じることにあった。たとえば冷泉為尹《ためただ》の「*巌《いはほ》にや掛かりて凍る程ならむ下まで落ちぬ滝の白糸」という歌では、岩に飛び散った滝のしぶきまでが凍る程だ、滝の白糸は途中

【歌題】滝氷。

【語釈】○滝つ瀬─滝の水が激しく流れる急流。○淀─淀み。水の流れが淀んでいる場所。

＊巌にや掛かりて…─為尹千首・冬百首・滝氷・五三七・冷泉為尹。

で凍って下まで落ちてこないという。

実隆は、『古今集』読人知らずの「滝つ瀬の中にも淀はありてふをなどわが恋の淵瀬ともなき」を本歌として、「淀」に目を付ける。この読人知らずの歌は、流れの急な滝の中にも淀みがあるのに、自分の恋の思いはよどむことすらなく激しいばかりであると嘆いた恋の歌。そこから「淀」を摂取して、恋歌の譬喩《ひゆ》を、もとの叙景《じょけい》に戻したところに実隆の狙いがあった。

上句「落つと見し波も凍りて」は、落ちると見えた水がすぐ氷ってしまう瞬間を巧みに捉えており、一読、冬の寒さがそこに凝縮《ぎょうしゅく》しているように感じる。光景としてはそれで間違いないが、下句では一転して、そうした滝の瀬よりもかえって「淀」の方にこそ「冬の寒さが知られる」のだと言う。

落下する滝の流れが凍るとした方が誰でも納得するのに、そういう全体的な情景より、あえて所々にある、白々とした光を放つ「淀み」にこそ冬を感じると逆に出、淀の白さを強調して人の意表をついたのである。

実隆がどこかで実見した景色が踏まえられているのであろうが、ただ、全員を納得させるものかどうかは疑問が残る。09の歌などと同様、これもやや凝《こ》りすぎで勇み足というところではないだろうか。

＊滝つ瀬の中にも……古今集・恋一・題しらず・四九三・読人知らず。

13

色どるも限りこそあれ墨書《すみが》きの山は幾重《いくへ》を畳みなしける

【出典】雪玉集・巻第六雑・二五八八

絵の具で彩色した絵では何といっても限界というものがあろうに、この墨一色で描いた水墨の山は一体どれほどその稜線《りょうせん》が重なっているのか、重畳《ちょうじょう》した山を描いて何とも見事なことよ。

同じく永正二年六月の月次御会で、珍しく「絵」という題で詠んだ歌。実隆五十一歳。

このただ「絵」とした題は古歌には見いだせない。実隆の後、実隆の息子三条西公条《きんえだ》に同じ題の歌*が見える程度である。平安時代には屏風《びょうぶ》に描かれた景色に合わせて歌を添える屏風歌《びょうぶうた》というものが盛行したが、伝統としてはその流れに位置すると言えるであろうか。

【歌題】絵。

【語釈】○墨書き―墨一色で描く水墨画のこと。

*同じ題の歌―「ある物と声をも香《か》をも花鳥《はなとり》に忘れて写す姿をぞ見る」（公条・称名院集・一四五二）。実在の花

「墨書き」という語は、江戸時代の中院通村《なかのいんみちむら》の歌にも見える「*色どらぬただ一筆《ひとふで》の墨書きを都の遠《をち》に霞む峰かな」という歌。大和絵《やまとえ》のような彩色を施したのではない墨一色の絵、いわゆる水墨山水《すいぼくさんすい》を表わしていると考えられる。水墨は鎌倉時代に伝わり、室町時代に入って五山《ござん》や武家の間で人気を得た中国渡りの絵であった。如拙《じょせつ》や周文《しゅうぶん》、雪舟《せっしゅう》などが有名である。濃淡《のうたん》を滲《にじ》ませた墨で、大陸風の幾つもの山嶺《さんれい》が描かれている。伝統的な山水とは異なるその絵を見て、その奥行きある画趣《がしゅ》に感動したのである。「色どるも限りこそあれ」というのは、彩色を施した従来の大和絵では到底こうは画けないなと強調した表現。それに対し、眼前の水墨画は何層にも重なる峰々を墨の濃淡で巧みに描き分けているのが素晴らしい。

　普通は彩色を施した絵の方が表現に幅が出ると考えがちであるが、遠近法というものを獲得していなかった時代、大和絵よりも、かえって墨一色の方が可能性を秘めていた。映画でカラー作品よりも*モノクロ画像の方が深い奥行きを出すのに似ていよう。この歌は、和歌的修辞《わかてきしゅうじ》云々以前に、水墨画に新しい表現の可能性を見出だした実隆の審美眼というものを端《はし》なくもよく明かしているようだ。

鳥を忘れて画中の花と鳥に魅せられるという意。これは彩色画を詠んだものであろう。

＊色どらぬただ一筆《ひとふで》の……―通村・後十輪院内府集・一二九八。題は「遠山如画図」。霞む峰々が水墨の絵のように見えるという。

＊モノクロ画像―小津安二郎や黒沢明監督があえてモノクロ作品を好んで撮ったことは有名。

14

契《ちぎ》り来《こ》し身はそれなれど同じ世のあらぬ筋《すぢ》にや思ひ果《は》つらん

【出典】雪玉集・巻第五恋・一九八八

何度も契りを交わしてきた身のまま、私は変わらずにあの人を信じているが、あの人は結局同じ現世の別な方向へと思いをずらしてしまったようだ。

実隆五十二歳の永正三年（一五〇六）二月の月次御会で、「忘ルル恋」を詠んだ歌。この題では、たとえば後鳥羽院《ごとばいん》が小町《こまち》の有名な「*花の色は移りにけりな」という歌の下句《しものく》を応用して「*袖の露もあらぬ色にぞ消え変へる移れば変はる歎きせし間に」と「あらぬ色」を詠んだように、相手が心変わりした恋を詠むのが普通だった。

この歌もその点では同様である。初句の「契り来し」は、何度か約束は繰

【歌題】忘恋。

【語釈】○身はそれなれど―私の身はそのままであるが。○あらぬ筋―あってはならない筋、別な方向。他の人間に心変わりすること。

*花の色は移りにけりな……―古今集・春下・一一三・小

り返されてきたのにというニュアンス。おそらく男は約束の中で「この世といわずあの世まで一緒だよ」などと体《てい》のいいことを言ったのであろう。それが、あの世どころかこの「おなじ世」で早くも心変わりしてしまったというのである。「あらぬ筋」とは時分とは違う女性の所へ行ってしまったことを表わす。実隆の工夫は「同じ」と「あらぬ」を言葉遊びのようにすぐに続けたところにも示されている。

ところで「身はそれなれど」と「筋」との組合わせで言えば、「*恋ひ渡る身はそれなれど玉鬘いかなる筋を尋ね来つらん」という『源氏物語』玉鬘《たまかずら》巻の源氏の歌を踏まえて詠んだ可能性が高い。今も恋い慕う夕顔《ゆうがお》の忘れ形見で実の父親を捜していた玉鬘《たまかずら》が思いがけず自分の許《もと》へ来てしまったことを哀れ深く述べた歌で、源氏は、男女の縁というものは本人が求める筋とは異なる方向へと辿り着くと述懐《じゅっかい》する。とすれば結句の「思ひ果つらん」の「思ひ果つ」は、相手の男の心変わりを言ったものではなく、私の思いは最初の予想とは別な方向へ曲がってしまったようだという女の静かな諦念《ていねん》を語っているとも取れるだろう。現代風にいえばこの恋は結局ボタンの掛け違いだったと女の側から諦める状況である。解釈としてはこの方がよいのかもしれない。

町。下句は「わが身世に経《ふ》る眺めせしまに」。

＊袖の露もあらぬ色にぞ……――新古今集・恋四・一三二三・後鳥羽院。

＊恋ひ渡る身はそれなれど……――私は玉鬘の母の夕顔を恋い続ける点で変わらないが、それはそれとしてこの玉鬘はどういう筋を辿って実の親ならぬ私の所へ来てしまったのか。玉鬘の実の父親は頭中将である。

15

棹《さを》さして教《をし》へやすると言問《こと と》ふも海松布《みるめ》はいさや海人《あま》の釣舟《つりぶね》

【出典】再昌草・第七・一〇三三、雪玉集・巻第五恋・一八五四

海人の釣舟が棹《さお》をさして目当地まで連れていってくれたからといって、海松《みる》が獲れるかどうか分からないように、相手の家まで尋ねて口説いたとしても逢瀬《おうせ》をとげられるかどうか、さあどうでしょうか。

【歌題】初尋縁《ゆかり》恋。

【語釈】○言問ふ―言葉を掛ける、言い寄る。○海松布―単に海松《みる》ともいう。海藻のこと。歌では「見る目」と掛けて相手を見る逢瀬の意に掛けることが多い。

＊思ひ余りその里人に…―拾

永正四年（一五〇七）二月の月次御会で、難題と言われた「藤川百首」題の一つ「初メテ縁《ゆかり》ヲ尋ヌル恋」という題を詠んだ歌。五十三歳。

「縁《ゆかり》」とは恋の仲介をしてくれる知り人を指す。当時の恋は手引きしてくれる人、大抵は相手の家の女房や乳母《めのと》がいて、その人の按配《あんばい》によって恋が成ったり成らなかったりする。定家はこの題で「思ひ余りその里人《さとびと》に言問はむ同じ岡辺の松は見ゆやと」と詠み、近くに住む里人に岡辺の松（相手の女

性）のことを尋ねている。後宇多法皇《ごうだほうおう》の＊「思ひ初《そ》むる心の色を紫の草の縁《ゆかり》に尋ねつるかな」という歌では「紫の草の縁」が詠まれている。つまり「縁」をどう詠み込むかがこの題での眼目となる。

実隆はその「縁」に、舟をさして海松《みる》を獲る海人《あま》を当てた。「海松」を先例とした歌には『伊勢物語』第七十段の「海松《みるめ》刈る方やいづこぞ棹さして我に教へよ海人の釣舟」という歌がある。＊「狩の使い」の段に続く話で、もう一度斎宮《さいぐう》との逢瀬を果たすために男が斎宮付きの女童《めのわらわ》に手引きを頼むという内容。男はこの歌を詠んで女童に贈った。実隆の歌とほとんど同工《どうこう》だから、実隆がこの『伊勢物語』の歌を本歌にしているのは明らかであろう。

『伊勢物語』との違いは、『伊勢』の男がすでに一度斎宮と逢瀬を遂げた後、再びの逢瀬を女童に迫っているのに対し、実隆の歌では「海松はいさや」と最初から疑問に思っている点であろう。これという伏線《ふくせん》は用意されていないから、まだ逢っていないあてどのない恋の行方を海人に頼むという情況である。そのため切迫感に満ちた『伊勢』の歌より、漠《ばく》とした不安感がただよい、その分、歌としての優美さが増している。このように題を与えられて物語を想起し、それを踏まえて詠むことも実隆が得意としたところであった。

遺愚草・一五六一　関白左大臣家百首。

＊思ひ初むる心の色を…―続千載・恋一・一〇三五・後宇多院。

＊狩の使い―朝廷より鷹狩りの使いとして伊勢に派遣された男（業平）が斎宮と密かに通じるという話。

【補説】実隆にはもう一首この「初尋縁恋」という題で詠んだ「春日野の野守は知るやいかにして雪間の草のはつかにも見む」（雪玉集・巻十百首・三九一七）という歌がある。

16

吉野川妹背《いもせ》の山の中に見よ落ち初《そ》めてよりいつか絶えける

【出典】再昌草・第七・一〇五九、雪玉集・巻第五恋・一八九二

吉野の妹背山の中を流れている吉野川をご覧なさい。流れ落ち始めてからいつ絶えたことがあったでしょうか。そのように私たちの仲もこの先ずっと絶えることはないでしょう。

同じく永正四年三月の月次御会で「初メテ逢フ恋」という題で詠んだ歌。男の立場から女に呼び掛けた歌と取れる。

「初メテ逢フ恋」という題は、初めて契りを交わした時の喜びやその後の不安なども詠むが、そこに辿《たど》りつくまでの辛さなどもうたった。藤原為家《ためいえ》にこの題で詠んだ「*手枕《たまくら》に結ぶ薄《すすき》の初尾花《はつをばな》交はす袖さへ露けかりけり」という歌があるが、この歌の「露」は決して歓喜の涙というようなものではなく、

【歌題】初逢恋。

【語釈】○吉野川―紀ノ川の上流の奈良県の呼称。吉野山地に発し、和歌山県に入って紀ノ川となる。○妹背山―各地にあり、和歌山県かつらぎ町にある紀ノ川を挟んで立つ妹山と背山もある

それまでの恋の辛《つら》さを暗示させる「涙」である。『千載集《せんざいしゅう》』に載る藤原公衡《きんひら》の「*恋ひ恋ひて逢ふ嬉しさを包むべき袖は涙に朽ち果てにけり」では、すでに涙でぼろぼろになった袖が出てくる。

実隆の歌は「*流れては妹背《いもせ》の山の中に落つる吉野の川のよしや世の中」という『古今集』の歌を本歌にしたもの。「ヨ」の頭韻《とういん》を繰り返した軽快な歌だが、内容は吉野川が妹山と背山の間を裂いて流れるように、男女の仲が絶えずに続くことはないというかなり悲観的な歌である。

しかし、実隆が宗祇から受けた古今伝授が取る二条派流の解釈では、吉野川は男女の仲を隔てるものではなく、川を隔てていてもいつも向かい合っているように、その仲がいつまでも絶えないという意味であった。実隆はその説にそのままのっとる形で、この歌で、将来まで続く固い契りを言祝《ことほ》ぐような歌い方をしている。これは、伝統的な「初メテ逢フ恋」の世界ではなかなか見られない新しい趣向であったといってよい。

彼が伝統の歌をさまざまに駆使《くし》し、それにより添いながら、その一方、それらの歌からいかに新しい発想を見つけるか腐心《ふしん》していた様子が、この歌からもよく見て取れよう。

が、ここは奈良県吉野町の吉野川を挟んで向かい合う妹山と背山を指すのだろう。

*手枕に結ぶ薄の初尾花……—為家集・一〇一一。

*恋ひ恋ひて逢ふ嬉しさを……—千載集・恋三・八〇八・公衡。

*流れては妹背の山の……—古今集・恋五・八二八・読人知らず。

17

行末《ゆくすゑ》をいかに掛けまし思ふにも余りわりなき小夜《さよ》の手枕《たまくら》

【出典】再昌草・第七・二一七六、雪玉集・巻第五恋・一八八九

初めてお会いし、二人の行く末をどう誓ったらいいのか。約束を考えるにも口に出すにも、言い表わしようのない思いが余って、分別がなくなってしまう。それ程までに嬉しい今日の手枕ですよ。

同年十一月の月次御会での詠。題は前歌と同じ「初メテ逢フ恋」。そこで触れたように「初メテ逢フ恋」は、初めての逢瀬の喜びやその後の不安なども詠むが、これは初めて契《ちぎ》りを交わした喜びをうたったもの。この歌では、第四句の「余りわりなき」がポイントとなっている。

第三句と四句にまたがる「思ふにも余り」という措辞は、そのままでは先例に見られない語だが、選子内親王《せんしないしんのう》の『発心和歌集《ほっしんわかしゅう》』に如来《にょらい》を讃嘆《さんたん》した「思*

【歌題】初逢恋。

【語釈】○掛けまし―行末を掛けるで、将来をどう誓うかという意。○わりなき―理窟や道理に合わないこと、理性を超えていること。

＊思ふにも言ふにも余る深さにて…―発心和歌集・七・

ふにも言ふにも余る深さにて言《こと》も心も及ばれぬかな」という歌が見え、また伊勢大輔《だいふ》に「*思ふにも言ふにも余ることなれや衣《ころも》の珠《たま》の現はるる日は」という歌がある。夫であった高階成順《たかしななりのぶ》が出家したと聞いてある人が贈ってきた歌に返した歌で、心で思うにも口に出していうにもこの複雑な気持ちは表現に余ります、あの誰でもが衣の裏に止めているいう*宝珠《ほうじゅ》がはっきり現われた今日は、というような意味。夫の出家のことを聞いて、嬉しいとも悲しいともつかぬ複雑な気持ちを「思ふにも言ふにも余る」と言ったのである。

おそらく実隆はこれらの歌の「言ふにも」の部分を略して「思ふにも余り」と言い、さらにその「余り」を「余りわりなき」と掛けて使ったのであろう。「わりなし」とは是非を超えた感情も表わす。実隆は、あなたにどう約束したらいいか感極《かんきわ》まって言葉が出てこないという男の喜びを、「わりなき」というやや大げさな言葉で表現したのである。

女性であれば最初の契りであっても行く末に対する多少の不安も抱くものだが、男はただひたすらな歓喜に我を忘れている。男の立場からこういう恋する女性との初めての契りをおおっぴらにうたいあげた歌は珍しいといっていい。実隆の工夫はまさにその点にあった。

称賛如来。

*思ふにも言ふにも余ることなれや……—後拾遺集・雑三・一〇二八。伊勢大輔。

*宝珠—『法華経』の五大弟子受記品に説く「衣裏繫珠《いりけいじゅ》」のこと。人間誰しもが衣の裏に隠し持っているとされる仏性（菩提心）を指す。

18

指《さ》して行く方《かた》をも花に忘れ来て道妨《さまた》げの梅の下風《したかぜ》

【出典】再昌草・第八・一二四二、雪玉集・巻第一春・一九三

目指していく本来の目的地さえも梅の花にみとれて忘れがちでやって来たが、そこへ花の下を通る風がすばらしい梅の香りを運んできたので、行く道をさらに塞いだことだ。

永正五年（一五〇八）二月二十四日の月次御会での歌。実隆五十四歳。「路《みち》ノ梅」という題の本意《ほい》は、道の傍らに咲く梅の香を讃えることにある。

梅の香は『古今集』の凡河内躬恒《おおしこうちのみつね》の歌に*「春の夜の闇《やみ》はあやなし梅の花色こそ見えね香《か》やは隠るる」とあるように、花の色や形よりもその香を賞美するのが常であった。この歌も、梅の香りがいかにすばらしいかを詠《よ》むことが一首を仕立てる上の眼目であった。実隆はそれを下句の「道妨げの梅の下

【歌題】路梅。

【語釈】○指して行く―目指して行く、○道妨げの―行程を邪魔する、歩みを塞ぐこと。

*春の夜の闇はあやなし…―古今集・春上・四十一・躬恒。春の夜の闇は筋道が立

風」という部分に表わした。

「道妨《さまた》げ」はかなり特異な歌語。ただ院政期《いんせいき》の「堀河百首《ほりかわひゃくしゅ》」に先例がある。「*旅人の道妨げに摘《つ》むものは生田の小野の若菜《わかな》なりけり」という歌で、旅人が旅路の途中《とちゅう》で若菜に心惹かれてその歩みを止めてしまったというもの。「道妨げ」とは目的を忘れさせてしまうほど心を捉《とら》えるという意である。実隆の歌の前半「指して行く方をも花に忘れ来て」はそのことを受けて、途中のあちこちの梅の姿に心を奪われて目的地を忘れてしまうという内容。

しかしこれだけでは若菜から梅に変えただけで、新しい趣向にはならない。そこで実隆はもう一歩進め、下句で「梅の下風」が送って来た強い香りにハッと足を止めたとうたったのである。前半では道の途上で目についた梅の花の美しさを愛《め》でてきたのであるが、梅の本来の本意である「梅の香」にここで初めて気づいたという。歌の表面には描かれていないが、おそらくこの香は奥の方に目立たないように立っていた梅が送ってきた香りだったのであろう。そう解釈して初めて実隆の意図が見えてくる。

しかし全体にいささか説明不足の感が否めない。「道妨げ」という顕《あら》わな句が下句の中で浮いて見えてしまう。やや性急な趣向の歌といえようか。

たないことよ。梅の花は色が見えなくても香りは隠れようもなく漂ってくる。

＊旅人の道妨げに……―堀河百首・六十八・若菜・源師頼。旅人の道を妨げるものは生田の小野の若菜であるよ。途中でつい若菜を摘もうと道草をしてしまうから。

19

誘ふをも誰《たれ》許せばか玉垂《たまだ》れの隙《ひま》求めくる花の下風

【出典】再昌草・第八・一二六四、雪玉集・巻第一春・五三八

風が誘うからといって、一体誰が桜の花びらが部屋へ侵入するのを許すのか。いや、誰も許してなどいないが、御簾《みす》のわずかな隙間を探そうと、花の下風が盛んに花を散らしてくる。

同永正五年三月二十四日の公宴懐紙の歌。題は「落花簾《すだれ》ニ入ル」。

この題の歌は、藤原重家《しげいえ》が「*春風の小簾《こす》の間《ま》通り吹きくれば寝屋《ねや》にぞ花は移ろひにける」とうたっているように、桜の花びらが春風に乗って御簾《みす》の隙間を通って寝所《しんじょ》の内に吹き入ることを詠ずるのが典型である。通常は男を御簾の内側には容易に入れることはないが、桜の花びらは簡単に寝所まで吹き込んでくるというのが要《かなめ》である。落花《らっか》の様をうたいながら、男女の関係をも

【歌題】落花入簾《すだれ》。

【語釈】○許せばか―「許さばか」の仮定法は先例があるが、「許せばか」は初出。誰が許したからか。○玉垂れ―玉簾《たますだれ》と同じ。

*春風の小簾の間通り…―重家集・一五〇。題は「初恋」。

濃厚に暗示する色っぽい題といっていいだろう。物語の一シーンを髣髴《ほうふつ》とさせる歌だとみてもいい。

実隆は、その「落花簾《すだれ》ニ入ル」題を、やはり男女の恋を語る『伊勢物語』六十四段の贈答歌《ぞうとうか》を本歌に借りて新しく仕立て直した。男がまだ逢瀬を遂げていない女性に「吹く風にわが身をなさば玉簾《たますだれ》隙求《ひま》めつつ入《い》るべきものを」、わが身を風に変えることが出来るなら、簾の隙間を探して貴女のいる部屋の中へ入ることが出来るのにという歌を贈ると、女が「取り止めぬ風にはありとも玉簾誰《たますだれた》が許さばか隙《ひま》求むらむ」、誰も止められない風であっても、ここの簾《すだれ》はしっかりしているからいくら隙間を探したって無理ですよと切り返したという短い章段。『枕草子《まくらのそうし》』の「頭《とう》の弁の職《しき》に参りて」で始まる段の、*清少納言《せいしょうなごん》と藤原行成《こうぜい》との間で交《か》わされた有名な函谷関《かんこくかん》の応酬を思い出させるような、鋭い駆け引きに満ちた歌である。

もちろん実隆はこの贈答を単純に利用したりはしていない。初句「誘ふにも」は「誘うといっても」という意であるが、誰が誘うのかといえば、言うまでもなく「花の下風」が桜の花びらをここまで誘い込んでくるのであろう。実隆自身が後年、同じ「落花簾《すだれ》ニ入ル」という題で詠んだ歌に、

「小簾《こす》」は万葉集の「小簾《おす》」の誤用。

*清少納言と藤原行成との—清少納言の「夜を籠めて鳥の空音を謀るとも世に逢坂の関は許さじ」という歌に行成が「逢坂は人越えやすき関なれば鳥鳴かぬにも開けて待つとか」と答えたもの。清少納言の歌は「百人一首」に採られた。

*誘ひ来《こ》ばよし玉垂れの内外《うちと》なく花に許さん春の山風

という歌がある。春の山風が桜の花びらを誘って寄こすのならば、よし玉簾の内も外も関係なく花びらを通すのを許そうという歌。題の本意にそって、風よ、お前が桜の花びらが運んでくるのなら、御簾の外でも中でも花に免《めん》じて許可しようというのである。この歌でも当然誘う主体は「春の山風」となっている。実隆は、吹く風を巡《めぐ》る『伊勢物語』の原歌の恋の気分を取っ払って、全体を自然詠《しぜんえい》の世界にふたたび戻したのである。

この点は掲出した歌も同様である。しかし主張は右の「誘ひ来ばよし玉垂れの」の歌が「許そう」と言っているのとは反対で、花の下風が花びらを盛んに御簾の内へ吹き込もうとしているからといって、御簾の中への侵入まで許す権利まで風は持っていないと主張したのである。

ちなみに、江戸初期の烏丸光広《からすまるみつひろ》の歌に、月光が簾の隙間から入ってくる様《さま》をうたった「*捲《ま》きあげて見る影よりは玉簾隙《ひま》求め入る月の涼しさ」という作がある。御簾を捲きあげて月を見るよりも、玉簾の隙間から入って来る月光の方が涼しいとうたったもので、やはり『伊勢物語』の「玉簾」の歌を踏まえたものであろう。この光広の歌のように、月であれ花であれ、隙を求め

*誘ひ来ばよし玉垂れの……——永正六年九月九日以来と注のある歌。雪玉集・巻三・三二七一。内裏着到百首の春二十首中の一首。

*捲きあげて見る影よりは……——光広「黄葉集」巻三・夏・六五一・納涼ノ月。

て自然に入ってくると詠むのが通例だとすれば、実隆はこの歌では、その「自然に」という通例に従っていない。風が確信を持って御簾の中まで花びらを送り届けようとしているのに、実隆はその意志を拒絶するかのように詠むのである。実隆のこの凝り方はなかなかのものといっていい。同じ「落花簾ニ入ル」という題でも、実隆は硬軟自在《こうなんじざい》に趣向を操《あやつ》って詠むことができたということであろう。

ところで実隆と同時代の後柏原院にも「飛ぶ蛍隙《ひま》求め来る小簾《こす》の中に暗き紛れの見えてまばゆき」という、御簾の中に飛び入ろうとする蛍を「隙求め来る」と詠じた作がある。「風」を「蛍」に読み替えたものであるが、この「求めくる」という言い方は、実は連歌ではよく使われていたようだ。

文明八年（一四七六）の三月六日から八日にかけて興行された「表佐千句《おさ》」に、すでに「隙求め来る小簾《こす》の追ひ風」と見えている。実隆はこの千句の連《れん》衆《じゅ》ではないが、実隆に近かった宗祇が加わっていた。つまり宗祇や実隆、後柏原院の周辺では、この『伊勢物語』の本文の歌が人気を得ていたらしい。06や11でもその一例を見たが、この歌も当時流行していた連歌からの影響が強い歌だと言える。そういう点でも興味深い一首である。

＊飛ぶ蛍隙求め来る……―柏玉集・巻十一・五七〇・五百首下・蛍。

＊表佐千句―岐阜に専順を訪ねた宗祇とその他合わせて十五人の連衆で美濃革手の地で行われた百韻十種。発句にすべて花を詠む。

20

思ひかけぬそれぞ契《ちぎ》りを仮枕《かりまくら》頼まぬものの忘れずもがな

【出典】雪玉集・巻第五恋・一八九七

あなたにとっては旅先に過ぎないこの宿で思いがけず仮りそめの情けを戴きました。ほかならぬ一夜の契りですので、お情けを当てにはしませんが、私のことは忘れずにいてほしいものです。

永正六年（一五〇九）三月の月次御会、「旅宿ニ逢フ恋」題の歌。旅先での契りを客を迎えた遊び女《め》の立場からうたう。

「百人一首」に載るこれと同じ題でうたった皇嘉《こうか》門院別当の歌「*難波江《なにはえ》の蘆《あし》の刈根《かりね》の一夜《ひとよ》ゆゑ身をつくしてや恋ひわたるべき」も、そうした旅人と遊女の間で交わされた一夜のはかない恋を遊女の切ない情感の中に哀感をこめてうたいあげたもの。

【歌題】逢旅宿恋。

【語釈】○仮枕―仮りそめの枕。仮寝と同じ。「仮り」に「借り」を掛ける。○頼まぬものの―頼みにはしていませんが。

＊難波江の蘆の刈根の……―千載集・恋三・八〇七・別当。

この歌の中心は二句から三句へかけての「それぞ契りを仮枕」という表現にある。「それ」は旅先での偶然出会った遊女と旅人の恋を指す。次の「契り」は、逢瀬《おうせ》という意味に、そこで交わされたはかない「*かねごと」の「約束」という意も掛けているのであろう。一晩の行きずりの契り。男はやさしい言葉をかけるが、そんな言葉など当てにできない。そんな気持ちを「仮枕」という唯一の実体的な言葉に託した。男と交わした枕、しかしそれは結局「仮り枕」にすぎないと。

この「契りを仮枕」と続ける措辞は実隆流の新しい措辞とみていいものだが、あるいは『新後撰集《しんごせんしゅう》』に載る「*忘れ行く人の契りは刈薦《かりこも》の思はぬ方《かた》になに乱れけむ」という京極為兼《ためかね》の歌に倣《なら》ったのであろうか。この「刈薦」の「刈」にももちろん「仮り」という意味が掛かっている。

いずれにしても、「旅宿ニ逢フ恋」という題では、行きずりの一夜のはかない契りという条件を外すわけにいかない。それを実隆は「それぞ契りを仮枕」という語句に凝縮させて一首を構成したのである。この語句にはあたかも遊女《ゆうじょ》の溜息そのものといってもいいような息遣《いきづか》いがある。あるいは当時流行の歌謡《かよう》からリズムや語彙を取り入れたのであろうか。

たった一晩の恋の故で身を尽くしてもまた逢おうと思うものでしょうか。

*かねごと―予言《かねごと》。かねて約束する言葉。多く男女の約束を指す。

*忘れ行く人の契りは……―新後撰集・恋五・一一四一・為兼。刈薦は菰《こも》で作った筵《むしろ》。すぐばらけるので「乱れ」に掛かる枕詞として使われた。

21

織女《たなばた》に心を貸して眺むれば今日《けふ》の夕べは憂《う》き秋もなし

【出典】再昌草・第九・一六五二、雪玉集・巻第三秋・九四二

織女星に思いを重ねながらこうして物思いに耽《ふけ》って夜空を眺めていると、今日のこの秋の夕べだけはあの人に飽きられたというような辛い思いは湧いてこない。

同永正六年十一月の月次御会に出した「七夕《たなばた》」題の歌で、牽牛《けんぎゅう》・織女《しょくじょ》の恋になずらえてよんだ歌である。

牽牛・織女の悲恋の話は早くから日本に渡来し、『万葉集』にはすでに七夕を詠んだ歌が数十首見られる。平安時代に入ると、藤原敦忠《あつただ》に「逢ふことの今夜《こよひ》過ぎなば織女《たなばた》に劣りやしなん恋は勝りて」*という歌があるように、年に一度の逢瀬よりさらに少ないわが身の逢瀬を歎く歌がよまれるようになっ

【歌題】七夕。

【語釈】○織女―織女星、織姫・たなばたつめともいう。一年に一度七月七日の七夕の日に、牽牛星と天の川で逢瀬を持つとされた。○憂き秋―「秋」に「飽き」を掛ける。

たが、実隆はそうした平安時代的な屈折《くっせつ》をふたたび元へ戻すかのように、今日だけは恋人との訪れが心待ちに待たれるとうたう。

初二句「織女《たなばた》に心を貸して」には先例がある。「*織女《たなばた》に心を貸すと思はねど暮れ行く空は嬉しかりけり」という藤原顕綱《あきつな》の歌で、年に一度の逢瀬が迫る夕暮れを喜んで待つ歌。実隆の歌も「織女の気持ちにあやかって」という意味ではこの顕綱の歌と心を等しくする。四句めにある「夕べ」とは、言うまでもなく女性が男性の訪れを待ち遠しく待つ時間。結句《けっく》の「憂き秋」の「秋」には「飽き」が掛かっているから、「憂き秋もなし」で、恋人に飽きられるような辛い思いは今日だけはないという解釈ができる。

通常であれば、男がやって来るかどうか、今日の夕方もまた、まんじりともしない苦しみを味わうところであるが、織女の気持ちと等しい気持ちになって考えれば、七夕の日の逢瀬がたとえ年に一度でしかなくとも、今日のこの日、牽牛が訪れるのは間違いないから、今日だけは安心して待たれるということになる。

七夕に引きかけて、恋人との逢瀬が確実であると反転《はんてん》したところがこの歌のミソであろう。実隆の歌としては比較的気楽によんだ歌といえそうである。

*逢ふことの今夜過ぎなば……—後撰集・秋上・二三七・敦忠。敦忠が宮中の女官に贈った歌。今夜の逢瀬を逃してしまうと、恋い慕う思いは牽牛以上であるのに、悲しみは一年に一度しか逢えない牽牛にも負けてしまいます。「織女」はここでは牽牛を指している。

*織女に心を貸すと……—詞花集・秋・八六・顕綱。

22

誰《た》が方《かた》に夜の枕の雁《かり》の声名残《なごり》も春の夢ばかりなる

【出典】再昌草・第十・一七六三、雪玉集・巻第一春・三四九

あの人は今ごろ誰の家を訪れているのだろうか。独り寝の夜の枕に聞こえてくる雁の声の余韻《よいん》も、春の夜の夢のように一瞬のうちにはかなく消えてしまう。

永正七年（一五一〇）四月二十四日の月次御会での詠。実隆五十六歳。題は「帰雁幽《かす》カナリ」。

この歌は何重にも趣向を重ねた複雑な歌である。「誰《た》が方《かた》」「夜の枕」「雁《かり》の声」「名残《なごり》も春の夢」といった素材が三十一文字の中に一挙に散りばめられていて、解釈も一筋縄《ひとすじなわ》ではない。

中心となる風物はもちろん雁。晩秋に飛来し、春の訪れとともに北へ帰っ

【歌題】帰雁幽。

【語釈】○誰が方に—誰の方向に向かって、誰の所に。伊勢物語・十段「み吉野の田面の雁もひたぶるに君が方にぞ寄ると鳴くなる」（女の母）、「わが方に寄ると鳴くなるみ吉野の田面の雁をい

ていくという特性を持つ雁は、昔から歌の素材としてよく詠まれてきた。したがって帰る雁を詠む春の歌では、『古今集』の「*春霞立つを見捨てて行く雁は花なき里に住みや馴《な》らへる」という伊勢の歌や、『後拾遺集』「*折しもあれいかに契りて雁がねの花の盛りに帰り初《そ》めけん」という弁乳母《べんのめのと》の歌が言うように、せっかくの春の到来を告げる「霞」や「桜」を見捨てて帰っていく雁の習性を惜《お》しんでうたうものが多い。

これに対して「幽カナリ」という要素をどう捉えるかはやや難しい面がある。冷泉為尹《ためまさ》の歌に「*羽風《はかぜ》にも払ひかねたる夕霞おのれぞ消えて帰る雁がね」という歌がある。去って行く雁が霞の中に遥かに消えていく姿を目にしてうたったもの。また応永の半ばに成立した『*菊葉《きくよう》和歌集』の作者不明歌「遠ざかる雲居に声は仄《ほの》かにて霞の底に雁ぞ消えゆく」は、姿は隠れて見えないが雁の鳴き声が遠ざかっていくことを幽かだと捉えた例である。つまり「幽か」には遠ざかる雁の姿を詠む場合と遠い雁の鳴き声をうたうパターンがあった。

実隆の右の歌は「雁の声」を詠んでいるから後者のパターンに入る。しかしこの歌の眼目は二句めに「夜の枕」を持ってきたことと、その「夜の枕」に「春の夢」を合わせたことであろうか。

つか忘れむ」(男)に基づく。
○夜の枕の雁―「夜」に「寄る」を掛け、「雁」に「枕を借りる」の意を掛ける。

*春霞立つを見捨てて……―古今集・春上・伊勢。詞書「帰雁をよめる」。

*折しもあれいかに……―後拾遺集・春上・七十二・弁乳母。

*羽風にも払ひかねたる……―為尹千首・春二百首・一〇〇。

*菊葉和歌集―撰者未詳。応永七年(一四〇〇)頃成立の私撰集。菊亭今出川家の歌人中心に編んだもの。

「夜」に「寄る」を掛けた例では、『伊勢物語』十段の贈答歌「み吉野の田《たの》面《む》の雁もひたぶるに君が方《かた》にぞ寄ると鳴くなる」、「わが方に寄ると鳴くなるみ吉野の田面の雁をいつか忘れむ」がある。娘を示す「田面の雁」という歌《か》語《ご》の元になった歌だが、武蔵国《むさしのくに》に来た男に娘を添《そ》わそうとその母親が、私の娘は夜になると貴方《あなた》の方を恋い慕って鳴いておりますと詠んでやったところ、私のことを慕うあなたの娘さんをいつまでも忘れることはないと返した歌である。その「君が方」「わが方」を、実隆は今ごろ誰の所に寄っているのだろうかという意味で「誰が方に」と言い換えて使ったのである。雁はどこを訪れているのかと詠んで、よその女性の所を訪れて枕を借りている男を恨むという恋の雰囲気《ふんいき》を漂《ただよ》わせたことになる。

またこの「夜」「寄る」の掛詞に「夜の枕」という「枕」を加えた先例としては、二条為氏《ためうじ》の「漕ぎ止むる浦こそ変はれ寄る寄る（夜々）の枕の波に変はらざりける」という「旅泊」題の歌がある。ただ為氏の歌は、毎夜毎夜「波が寄せる」ように泊まる浦が変わるという意味であって、女性のいる場所に立ち寄るという恋の趣きを帯びた歌ではない。

次は「春の夢」という表現。この「名残も春の夢ばかり」に似た措辞とし

＊漕ぎ止むる浦こそ変はれ…—宝治百首・春二十首・二条為氏。題「旅宿」。

ては、一条法印定為《じょうい》の歌に*「思ひ出づる名残だになき春の夢さのみ契りや短かるべき」という恋の歌や、後世の烏丸光広《からすまるみつひろ》の*「名残あれや宇渡野《うどの》の蘆の狩衣《かりごろも》短く明くる春の夜の夢」といった歌が見える。恋の逢瀬を春の短夜の夢と重ねた歌であるが、「名残だに」や「名残あれや」とあるので、夜がもっと続けばいいという気持ちを含んでいる。

実隆の場合は、春の短夜《みじかよ》の夢のように名残さえもないという意味で使われているから、名残もなく、短夜のためにアッという間に朝を迎えるというニュアンスである。とすれば、雁の声にも名残がなく、ほんの一瞬通りすがりの声を聞いただけという意味になろう。「名残も春の夢」が、以前に相手の男と何回か逢瀬を重ねたことがあるその名残だとすれば、今床について男と寝る夢をみたが、遠ざかっていく雁の一声を耳にして目覚めてから、またその夢の余韻に浸ったというのであろう。

結局、この歌は、一瞬の雁の声を聞いてふと短い夢から醒め、男との逢瀬がはかない夢に過ぎなかったと知り、あの雁の声は誰の所を訪れた鳴き声だったのかと夢うつつの気分で考えた歌ということになる。通り過ぎる雁の声に春の夢の気分を重ね合わせた複雑な歌である。

*思ひ出づる名残だになき…—嘉元百首・恋二十首・定為。題「遭不会恋」。

*名残あれや宇渡野の蘆の…—黄葉集・巻二・春・四一九「摂津国鵜殿《うどの》といふ所に宿りて」。

23

暮《く》れがたき夏の日わぶる宵々《よひよひ》のその事となき夢もはかなし

【出典】再昌草・第十一・一九九〇、雪玉集・巻第二夏・九〇一

暮れにくい夏の日、なかなか寝られないでいる毎夜、特にどうということもなく見る夢ははかないものだが、まして夢での逢瀬を願っている身であればもっとはかないことだ。

【歌題】夏夢。

永正八年（一五一一）五月の月次御会での「夏ノ夢」題の歌。実隆五十七歳。文亀に続き、後柏原天皇の歌壇活動が積極的に行われていた時代の歌である。実隆もまさに脂《あぶら》の乗っていた時期であった。

和歌の世界では通常「夢」といえば、恋の気分を濃厚に示す。特に「春の夜の夢」は男女の逢瀬を示す定型句《ていけいく》に近いものとしてよくうたわれた。そのため「春ノ夢」の歌は多く見られるが、この歌のように「夏ノ夢」をうたっ

た例はそう多くない。その一つに、たとえば室町時代初期の正徹《しょうてつ》に*「夏の夜の明くると思へば枕せぬ眠《ねぶ》りのうちの夢ぞ久しき」という歌がある。枕せぬ午睡《ごすい》の夢よりも夏の夜の夢はさらに短いことよと詠ずることで、夏の夜の夢がいかに儚《はかな》いかということをうたった歌である。その他の歌も、これと同様、短い夢を本意にしたものがほとんどである。

実隆はこの「夏ノ夢」をどう詠みすえたか。初句から二句の「暮れがたき夏の日わぶる」、つまり夏の日はなかなか暮れないという言い方は、曽祢好《そねのよし》忠《ただ》の歌*「夏の日の菅《すが》の根よりも永きをぞ衣《ころも》脱ぎかけ暮らし侘《わ》びぬる」あたりが参考になる。夏の日は暑くて過ごしにくいというのである。実隆のこの歌でも、まさに「暮れがたき」夏の日を「わび」ていて、暑い昼の時間をどうしようもなく持てあましている。

ここまではほぼ定型的な表現。問題は三句め以降のうたい方にある。三句の「宵々」や結句の「夢もはかなし」といった言葉は取り立てて珍しい用語とは言えず、恋の気分を表わす歌によく使われてきた言葉である。つまりこれらの語を連続して詠み込むことによって、受け手である読者におのずから恋の情趣《じょうしゅ》を感じさせるように仕立てている。しかし恋の情趣の方が表立っ

*夏の夜の明くると思へば……——草根集・三〇四五。前半に貫之のホトトギス詠「夏の夜の臥すかとすれば時鳥鳴く一声に明くる東雲《しののめ》」（古今集・夏・一五六）が引用されている。

*夏の日の菅の根よりも……——夫木抄・三三九五・夏衣・好忠。

てしまうと、「夏の夢」の本意である短夜の夢という趣意に反してしてしまい、いわゆる「落題《*らくだい》」の歌になってしまう。実隆はそこで一工夫《ひとくふう》凝らす。

キーとなるのがその中間にある「その事となき」という句である。『伊勢物語』四十五段に、まったく見知らぬ女が昔男《むかしおとこ》である業平のことを恋い慕って病に陥るが、思いを伝えることが出来ずついに死んでしまう。女の親が娘の思いを男に伝えたので、哀れに思った男は女の死の床に駆けつける。その後、女の忌籠《いみご》もりにふした男は、「暮れがたき夏の日暮《ひぐら》し眺むればその事となく物ぞ悲しき」と詠んで、逢ったこともないその女の思い出に浸るという話である。この業平の歌は勅撰集《ちょくせんしゅう》では『続古今集《*しょく》』の夏歌に採られただけであるが、実隆の歌がこの『伊勢』の歌を本歌にして詠んだことは、「暮れがたき夏の日」と「その事となき」が一致しているから確かであろう。

『伊勢物語』本歌の「その事となく」が、女との間に取りたてて思い出はないのだけれどもとうたうのを、実隆は、「夢」を導入して、誰かと夢の中で逢瀬を遂《と》げるというわけではないけれども、というふうにぼかし転じたのである。恋の気分を漂わす「宵々」「夢もはかなし」という語を配することによって恋の情趣を一方で覗《のぞ》かせながら、その一方、『伊勢物語』にすがっ

*落題―題の本意を逸らしてしまうこと。歌では拒否された。

*続古今集―夏・二七〇に業平として載る。

た「その事となき」を生かすことで恋の気分を緩和し、否定しているのである。これは綱渡りのような際《きわ》どさと言ってもよいであろう。逢瀬を待つ身でなくとも夏の夜の夢ははかないとして、どれほどに短くはかない夢であるかということを浮かび上がらせているのだ。

本歌の恋の歌をうまく季節の歌に仕立て直しているのであるが、しかし表向き夏の歌にしているものの、この歌の背後に恋の気分がなお漂うことは否定できない。こうした微妙なあわいの中に歌を引きずり込むのも実隆が特長としたことの一つであるが、こうした恋の歌か四季の歌かはっきり区別できない、融合*した複合的世界を創り上げることも、新古今時代あたりから流行《はや》りだした中世的な歌のありようだった。

『新古今集』が達成した革新的な歌の世界は、為家や為氏、頓阿《とんあ》、宗祇《そうぎ》、実隆らによって、伝統的な本意を重視しながらそこに新味を加えていくという方法によって継承された。これは後の細川幽斎《ゆうさい》や堂上《どうじょう》派《は》の和歌へと繋がるものであるが、実隆はそういう正統的な和歌の継承者としての自己を十分に自覚していた歌人にほかならなかった。和歌史における実隆の位置もまさにそこにあった。

＊融合した複合的世界―たとえば定家の「春の夜の夢の浮橋と絶えして峯に別るる横雲の空」、俊成卿女の「風通ふ寝覚めの袖の花の香にかほる枕の春の夜の夢」といった恋の気分の横溢した歌は『新古今集』では春歌に部類されている。

24

折《を》りつれば身に染《し》みかへる梅が香《か》に我とはなしの手枕《たまくら》の袖

【出典】雪玉集・巻第九・三四六一

梅の花を折ったためにその香が染みこんだ袖を枕に寝ると、それが誰かの香のように思われ、一人のはずが一人ではなく共寝をした気分になるよ。

永正八年（一五一一）三月三日から六月にかけ、後柏原院・冷泉政為《まさため》・実隆以下七名の廷臣《ていしん》や入道が参加して行われた「＊内裏《だいり》着到《ちゃくとう》百首」で、春二十首中「梅ガ香袖ニ留《とど》ム」という題でよんだ歌。五年前に内大臣を辞していた実隆はこの時、前内大臣《さきのないだいじん》の位置にあり、五十七歳であった。

この歌の背後には『後拾遺集』に見える読人知らずの「＊わが宿の垣根の梅の移り香に一人寝もせぬ心地もこそすれ」や、あるいはそれを踏まえて詠ん

【歌題】梅留香袖。

【語釈】○我とはなし―我ということがない、自分とは違う別の。

＊内裏着到百首―「着到」とは本来戦陣に着到した順に武将が名乗ることだが、公宴歌会に参加した順に名札

だ式子内親王の「*袖の上に垣根の梅は訪れて枕に消ゆる転《うた》た寝の夢」あたりが意識されているのであろう。いずれも本歌と言えるものではないが、垣根の梅の香と一緒に寝ている感じがするという点では基本的には同工の歌である。ただ実隆の歌には、そこに「我とはなしの手枕」という素材が加わったことで、恋の気分が揺曳《ようえい》する。「手枕」は普通恋人の腕を枕に寝ることであった。独り寝の場合は「袖を片敷《かたし》く」などと言った。

寝覚めの枕に漂ってくる梅の香と春の夜の怪しい恋の気分を融合させたものとしては、『新古今集』の俊成卿女《しゅんぜいきょうじょ》の歌「*風通ふ寝覚めの袖の花の香にかほる枕の春の夜の夢」という歌が思い出されよう。実隆の歌は、俊成卿女の歌が醸《かも》し出すような夢幻的な妖艶《ようえん》さといった点はないが、梅の香と共寝《ともね》をするという伝統的な発想はしっかりと押さえている。しかもストレートな表現を避け、「我とはなしの」と遠回しにぼかし気味にうたったところはさすが手慣れた作り方である。

桜がパッと輝いて咲く華やかさな視覚的な美をうたうことが本意《ほい》であるとすると、梅の歌は10や18でも見たように、その香りの強さをうたうのがまさに本意に叶うことであった。

を返すことにも使われた。

＊わが宿の垣根の梅の……―後拾遺集・春上・五十五・読人知らず。

＊袖の上に垣根の梅は……―式子内親王集・二〇八「正治二年院初度百首」。

＊風通ふ寝覚めの袖の……―新古今集・春上・一一二・俊成卿女。

25

鳴神《なるかみ》はただこの里《さと》の上ながら雲居《くもゐ》はるかの夕立の空

【出典】雪玉集・巻第九・三四八七

雷の音は今この里の上でしきりに鳴動《めいどう》しているように聞こえてくるが、雷鳴をもたらす夕立の黒雲は遥か遠くの里の上空に掛かっているよ。

【歌題】遠夕立。

【語釈】○鳴神―雷（神鳴）。ゴロゴロという音は雷神が鳴らすものと考えられていた。○雲居―「雲井」とも書く。雲のいる天上世界、または雲自体を指す。

前歌と同じ「内裏着到百首」の夏十五首中の一首。題は「遠キ夕立」。「鳴神」は早く『万葉集』にも登場するが、『枕草子』一六四段に「責めて怖ろしきもの、夜鳴る神」とあるように、そのおどろおどろしい音がよほど強烈であったからか、「鳴神の音にのみ聞く」*という慣用句としてもっぱら使われるくらいで、音と雲の時間差などに触れた歌は詠まれてこなかった。この実隆の歌のように、雷鳴と雲の位置を現象的に捉えた歌は珍しい。雷鳴

＊鳴神の音にのみ聞く―「逢

が今になって上から聞こえてくるが、雲ははるか向こうに遠ざかっているよと、眼前の光景に対する発見を、好奇心のまま歌にしたのである。

もっとも『新千載集』に平氏村《たいらのうじむら》の歌に「鳴神の音はそこともなかりけり曇れる方や夕立の空」*というほぼ同工異曲《どうこういきょく》の歌がある。「そこともなし」というのは、雷鳴は近くとも遠くとも付かずどこからともなく聞こえて来るというのであろう。しかし夕立をもたらす雲は向こうの曇り空の方であると述べており、実隆の視点と基本的には同じである。実隆はあるいはこの氏村の歌に倣《なら》ったのかもしれない。

いずれも雷の音そのものを対象に取り上げ、それを絵画的な夏の夕景色《ゆうげしき》の遠近《えんきん》の中に捉えていて、いかにも中世的な新しい感覚を思わせる歌である。このような雷雲の動きそのものを動的に捉えたような歌が、鎌倉時代以降、武士が歌を詠むようになってからようやく現われてきたのだった。

雷鳴はともかく、「稲妻」の方は「古今六帖《こきんろくじょう》」に題として見え、「永久百首」や「六百番歌合」に歌題《かだい》として登場しているが、歌人たちはもっぱら暗闇をパッと照らし出す瞬間的な明るさ*に焦点を当てていて、やはり雷鳴との関係を比較したようなものは見当たらない。

ふことは雲居遥かに鳴神の音に聞きつつ恋ひ渡るかな」（古今集・恋一・四八二・紀貫之）、「鳴神の音にのみ聞く巻向の檜原《ひばら》の山を今日見つるかな」（拾遺集・雑上・四九〇・人麿）など。

*鳴神の音はそことも……——新千載集・夏・二九八・平氏村。

*瞬間的な明るさに——「むばたまの闇を現す稲妻も光の程ははかなかりけり」（六百番歌合・稲妻・十三番右・隆信）など。

26

吹かぬ間《ま》は招く袖にも誰《たれ》か見し風ぞ尾《を》花《ばな》が姿なりける

【出典】雪玉集・巻第九・三四九四

風が吹かない時、尾花のことを自分を招く女の袖だと誰が気づくだろうか。風が吹いたからこそそう見えたのだ。してみると、風が尾花の真の姿を覗かせたのだといえようか。

これも「永正八年内裏着到百首」の歌。「薄《すすき》袖ニ似ル」という題。秋の野に浅黄色の花弁をつけて咲く女郎花《おみなえし》を女性に見立て、その色香《いろか》をよみこむ歌は『古今集』以来多く詠まれているが、女郎花と並んで、風に白く穂を靡《なび》かせる花薄も人を招くものとしてよくうたわれた。「女郎花多かる野べに花薄いづれを指して招くなるらん」*という歌は、いわばその女郎花と尾花が共存する風景から生まれた歌だ。

【歌題】薄似袖。

【語釈】○招く袖―薄が風に靡く様が女性が袖を振って招いているように見えること。○尾花―薄の別称。

＊女郎花多かる野辺に……―拾遺集・秋・一五六・読人知らず。

薄を「招く袖」と見ることは『古今集』の在原棟梁《むねやな》の「秋の野に草の袂か花薄穂に出でて招く袖と見ゆらん」という歌から始まっている。この袖の譬《ひ》喩《ゆ》は分かりやすかったらしく、平家の武将平忠盛《ただもり》も「行く人を招くか野辺の花薄今夜《こよひ》もここに旅寝せよとや」といった歌を残している。

実隆のこの歌もそういう伝統にのっとった歌。上句《かみのく》の「吹かぬ間《ま》は招く袖にも誰《たれ》か見し」は、風にユラユラ揺れずにただ立っているだけでは、誰も「招く袖」だとは見なかったという意で、ここまでは分かりやすい。しかし後半の「風ぞ尾花が姿なるらん」は「風」と「尾花が姿」をイコールで結んでいて、少々意味が取りにくい。

吹いて来た風が尾花を靡かせ、人を招く袖という姿を見せることによって、尾花の実体《じったい》が初めて明かされた。したがって風こそが尾花の実体を明らかにした功労者にほかならないというのであろう。普通譬喩《ひゆ》は実体の見かけでしかないが、実隆は譬喩の方が尾花の本質、実体だと言って、実体と譬喩を逆転させたのである。これは、実隆以前に誰もやらなかったユニークな発想ではなかったか。この歌は、趣向というものを追いつめてきた結果、こういうところまで着いたという点で特筆されていい歌ではあるまいか。

*秋の野に草の袂か……古今集・秋上・二四三・棟梁。
*行く人を招くか……金葉集・秋・二三八・忠盛。

27

枯《か》れやらぬ片方《かたへ》もあれや草の原訪《と》ふべき誰《たれ》をしひて待つらん

【出典】雪玉集・巻第九・三五一三

すっかり枯れきれずまだ一部分残っている草もあるようだ。あれは光源氏ではないが、この草の原を誰かが尋ねてくるのを何としても待とうという姿なのだろうよ。

【歌題】寒草処々。

【語釈】○片方―片一方、または一部分を指す。○草の原―草原という意だが、野中の墓という意もある。本文参照。

同じ「永正八年内裏着到百首」の一首。「寒草処々《ところどころ》」という題は、簡単なように見えてなかなかむずかしい題だ。蕭条《しょうじょう》とした冬景色の中、まだ枯れきらずに所々に残っている草をどういう趣向で歌にするか。同じ百首で、後柏原院は、このテーマを「冬の色にいづれをば見ん踏み枯らす野べの道芝《みちしば》霜の下草」*というふうに、光景として比較的素直に処理している。

これに対し実隆は、一面の枯草の中にまだ枯れ残っている草を見出だし、

*冬の色にいづれをば見ん…―柏玉集・第六・一〇九一

この草の原を誰かが訪ねて来るのを必死に待っているのかと、擬人化《ぎじんか》してうたった。しかしそれだけでは我々現代の読者は何のことなのか腑《ふ》に落ちない。誰かが訪ねてくるとはどういうことだ、という疑問が残る。

実は「草の原訪ふ」という表現には本文《ほんもん》がある。古典の教養を持っている当時の人であれば、『源氏物語』花宴《はなのえん》巻の一シーンをすぐに思い出したはずだ。光源氏《ひかるげんじ》が政敵である内大臣側の六君朧月夜《ろくのきみおぼろづきよ》とひょんな紛れから通じてしまった翌朝、本名を明かせと迫る源氏に向かって、朧月夜が「憂き身世にやがて消えなば尋ねても草の原をば訪はじと思ふ」とからかい気味に応じる。私がもし死んだとしても貴方は私を捜してお墓がある草の原までは訪ねようなどとは思ってもいないくせに、といったような意味。

実隆が言う「草の原訪ふべき誰を」という語句が、この朧月夜の歌を踏まえていることは確かだ。草が待っている誰かとはつまり光源氏かもしれないということになる。さすが物知りの実隆だけあって見事というべきだ。実隆は『源氏物語』のシーンを導入して、初冬の原野に物語風の色っぽい場面を創出したのである。円熟した実隆の技量と古典に対する教養とが一首の中にうまくマッチした歌だといっても過言ではあるまい。

「内裏着到百首」。人の足跡で踏み枯らされた野べの道芝と霜に枯れた木々の下草とではどちらに冬の色が濃いのだろうと比較する。

28

世の中は言《こと》のみぞよきさしも草見ぬ面影《おもかげ》は慕《した》はずもがな

【出典】雪玉集・巻第九・三五二六

男女の恋ではきれいな言葉ばかりが先行し、いずれ裏切られるのが落ちだ。そんなことならいっそ、まだ逢っていない相手の面影などは慕わないでいた方がいい。

【歌題】伝聞恋。

【語釈】○世の中―ここは男女の関係を言う。○言―言葉尻。○さしも草―ヨモギ草。この着到百首の写本には「さしもやと」とある。○もがな―願望を示す。

同じ「着到百首」からもう一首。この「伝へ聞ク恋」という歌も前歌同様、古典を踏まえた歌で、その本歌を知らないと意味が取りにくい。

第二句の「言のみぞよき」は『古今集』の読人知らずの歌*「いで人は言《こと》のみぞよき月草の移《うつ》し心は色異《こと》にして」を踏まえたもの。染料に使われる「月草（露草）」は色があせやすいので「移し心」の枕詞《まくらことば》として用いられた。月草で染めた衣のように人の心は移りやすいもの。言葉だけはきれいなことを

*いで人は言のみぞよき……―

いうが、移りやすい心は上辺《うわべ》の色とは異なっていると述べる。
この上句と、「さしも草」を間に挟《はさ》んだ「見ぬ面影は慕はずもがな」、つまりまだ逢えない相手の面影は慕わない方がいいという下句との間にはかなり断絶があるが、その間に「百人一首」で有名な藤原実方《さねかた》の「*かくとだにえやは伊吹のさしも草さしもしらじな燃ゆる思ひを」を置いて考えると繋がりが見えてくる。実方の歌は、こちらで恋心を燃やしているだけでまだ相手の面影は見ていない。これを借りた実隆の「さしも草」も、下に打ち消し語を伴う副詞の意味で使っており、どうせ恋は言葉のだまし合いのようなものだから、そんなだったら、実方の歌のように、内心で恋い慕っているだけで逢わない方がましだというのである。
式子内親王に「*玉の緒《を》よ絶えなば絶えね永らへば忍ぶることの弱りもぞする」という名歌《めいか》があるが、恋が行き詰まったときには、人は捨て鉢気味に感情を昂《こう》じさせることがあるものだ。どうせ騙《だま》されるのなら、いっそ逢わない方がいいというこの実隆の歌も、いわばその伝《でん》だと言っていい。逢いたいという切実な恋心にあえて水をぶっかけるような歌で、いささか脅迫的な言い方とも言えるが、例によって実隆*お得意の逆説《ぎゃくせつ》に出た歌とみていい。

古今集・恋四・七一一・読人知らず。

*かくとだにえやは伊吹の…―後拾遺集・恋一・六一二・実方。こんなにだと言葉に出して言えましょうか。伊吹山のさしも草のように燃える私の思いを、あなたはそうだとはご存じないでしょうね。

*玉の緒よ絶えなば絶えね…―新古今集・恋一・一〇三四・式子。百人一首にも載る。

*お得意の逆説―10、21、29、31、32などに見られる。

29

世の中に絶《た》えて春風なくもあれな吹かでも花の香《か》は匂ひけり

【出典】再昌草・第十二・二一九五、雪玉集・巻第一春・四一五

この世に春風というものなどまったく無くてもいい。春風など吹かずとも、桜の花の香はおのずからあたりに薫ってくるのだから。

永正九年（一五一二）三月の月次御会での詠。「風静カニシテ花芳《かんば》シ」という詩題《しだい》の歌で、実際に内裏《だいり》に咲く桜を見て詠まれた。実隆は五十八歳。

源俊頼《としより》に同じ「風静花芳」という題で詠んだ「梢には吹くとも見えぬ桜花香《かを》るぞ風の徴《しるし》なりける」*という歌がある。花の香りがふと漂ってきたことで、微風《びふう》が吹いていたのだなと初めて気づいたという歌だ。伝統的な和歌では、花の香は風によって運ばれてきて初めて花の存在を知るというのが普通

【歌題】風静花芳。

【語釈】○絶えて—まったく、少しも。下に打ち消しを伴い、まったく〜ない。○あれな—あってほしい。

*梢には吹くとも見えぬ……—三奏本金葉集・春・五十一・俊頼。詞書に「堀河院御時、

であった。この俊頼の歌は、逆に桜の香りによってああ風があるのだなと気づいたというのだから、桜と風の位置が逆向きになっているが、風と花の関係が固定していたからこそ詠まれた歌であることに変わりない。

しかし実隆の右の歌はもっと大胆である。なにしろ「春風」など無くてもいいと居直っているのだから。

この歌の背景に業平の歌「*世の中に絶えて桜のなかりせば春の心はのどけからまし」があることは明らかだろう。出だしの「世の中に絶えて」という措辞や、「無し」や「桜」の語が共通してもいる。『伊勢物語』八十二段には、水無瀬《みなせ》の惟喬《これたか》親王の許《もと》を友人たち一行と訪れた時、落花《らっか》を心に掛けるあまり、いっそ桜などなければ心が乱れなくて済むのにとうたったものとある。業平が桜など無くてもいいとうたったその「桜」を、実隆は「春風」に置き換え、春風など「無くもあれな」と転換してしまったのである。

ところで業平の桜の歌に、「散る花を惜しむ」という落花の本意が踏まえられていることはいうまでもない。花を散らす風は仇《あだ》なるもの、嫌《いや》なものとして疎《うと》まれてきた。春先には桜の存在を伝えてくれる歓迎すべき春風は、晩春では桜を散らすものとして憎まれる対象となる。実隆の歌は早春の歌であ

中宮御方にて風静花芳といへることをよめる」とある。

＊世の中に絶えて桜の……古今集・春上・五十三・業平。詞書「渚の院にて桜を見てよめる」。

る以上、桜を恨《うら》む心はうたわれていないが、それでも「風」など無くていいという表現からは、うっかりすると春風を恨んでいると勘違いしかねない。「風静カニシテ花芳シ」という題からすればそうではないはずなのだが、ではなぜあえて春風などなくてもいいという逆説を弄《ろう》するのであろうか。

この「風静花芳」と同じ題で詠んだ実隆の歌に、もう一首次の歌がある。

吹かぬ間《ま》の深き匂ひに春風もいかが見るらむ花の心を*

こちらは、春風が吹いていない時でも、桜は思う存分匂いを放っているのに、風はそのような花の心をどう思ってわざわざ風を散らすために吹いてくるのかといった内容であろうか。言い換えれば、この歌にも、風の取り柄は桜の匂いを運ぶという点だけであって、吹かずとも花はおのずから芳《かんば》しい匂いを発するのだから、花を散らすためにやってくる風などお呼びではないというのだ。その点では当該歌と同じ発想でうたわれていると言える。

後柏原院にも同じ「風静花芳」という題でよんだ「匂へども枝には動く風もなしかくて散るべき花とやは見る」*という歌がある。枝を動かす風がなくても桜は匂いを輝かせていると、実隆と同じような状況をうたい、さらにその先に風が無くても散っていく花の運命を見据《みす》え、それを風はどう見ている

*吹かぬ間の深き匂ひに……――雪玉集・巻一・春・四一三。歌題「風静花芳」。

*匂へども枝には動く……――蒼玉集・巻二・春上・二八七。歌題「風静花芳」。

のかと問い掛けた歌である。

実隆の「吹かぬ間の」の歌も後柏原院の歌も、風は花を散らすものという発想を前提にしている点は同じであるが、先に挙げた俊頼の歌が「静カ」なりの風の役目をともかく見出しているのとは対照的に、その静かな風さえも要らないとする姿勢を示す。両者とも、風の手を借りなくても花はそれだけですばらしいのであり、特に爛漫《らんまん》の花というものは馥郁《ふくいく》たる香りを辺《あた》りに自然とただよわせるものだと言っているのである。

掲出した歌もその点に変わりはない。その主張を展開するにあたって、業平の「世の中に絶えて桜のなかりせば」という名歌が格好のテコになった。「風」の存在を無用だとするに際し、業平の名歌を借りることによって、堂々と風などなくてもいい、おのずからの花の美しさにとっては風すらも妨《さまた》げになると転回することができたわけだ。結局は花のすばらしさを称《たた》えているのであるが、伝統的な発想にあえて業平的な逆説を持ってきてぶつけたところが、この歌の眼目だった。室町歌人らしい面目がよく出ている歌といえる。

30

み熊野《くまの》やいく夜を月に重ぬとも夏は程なき浦の浜木綿《はまゆふ》

【出典】再昌草・第十二・二二六四、雪玉集・巻第二夏・七九四

み熊野の浦に生える浜木綿の葉が幾重にも重なっている。そのように月を眺める夜を幾月日重ねたとしても、夏の夜の長さはちっとも変わらず、あっというまに夜が明け、月も隠れてしまう。

同じ永正九年六月の月次会での詠。実隆五十八歳。

「浦ノ夏ノ月」という題は、「夏の夜は月の出潮に引く程もなくてぞ明くる須磨の浦波」（頓阿）や「濡れて干す海人《あま》の衣の浦波に見るめ少なき短夜の夏」（雅有《まさあり》）という歌のように、夏の夜の短さをうたうことに中心があった。その点ではこの歌も変わらないが、実隆は意表をついて「み熊野の浦の浜木綿」を持ってきた。「み熊野の浦の浜木綿」は、『拾遺集』に採られて有名に

【歌題】浦夏月。

【語釈】○み熊野―「み」は美称。現在の紀伊半島南部の熊野の地の海岸。○浜木綿―熊野の有名な産物。ヒガンバナ科の多年草で白い葉脈が幾重にも重なることから「幾重」などの「幾」を

なった人麻呂《ひとまろ》の恋の歌「*み熊野の浦の浜木綿百重《ももへ》なす心は思《も》へど直《ただ》に逢はぬかも」や、やはり同集の兼盛《かねもり》の歌「*差しながら人の心をみ熊野の浦の浜木綿幾重なるらん」のように、「み」に恋人と逢うという意の「見る」を掛けて詠まれてきた。実隆のこの歌もこの句によって、否応なく恋の背景を忍ばせてしまうが、恋の情趣が強くなりすぎると「落題」になりかねない。

そこで実隆は、伝統的な「浜木綿」の「幾重」のイメージからまず月を眺める「幾夜」を導き出す。この二つを組み合わせた歌には、実隆がヒントにしたと思われる慈円《じえん》の「*秋を経て清けき月をみ熊野の浦の浜木綿幾夜重ねつつ」がある。ただ、月を眺めるのだったら言うまでもなく秋が一番だが、夏の月でそれをどううたうかが問題である。そこで、夏の夜を毎夜重ねていくら月を眺めても、夏の短夜はすぐに明けてしまってゆっくり眺められないとひねりを効《き》かせたのである。

この歌は夏の月に「み熊野の浦の浜木綿」を取り合わせて新味を出そうとした歌であるが、肝心の「み熊野の浦の浜木綿」が実景なのか単なる序詞《じょことば》なのか分からなくなっていて、浮いている。いささか狙い倒れに終わった観がないではなく、実隆の歌が陥りやすい通弊《つうへい》の部類に入るとすべきだろう。

導く。

*み熊野の浦の浜木綿……——拾遺集・恋一・六六八・人麿。

*差しながら人の心を……——拾遺集・恋四・八九〇・兼盛。

*秋を経て清けき月を……——拾玉集・五三八。御裳濯歌合秋二十首中。

31

急ぐより手に取るばかり匂《にほ》ふかな枝に籠《こ》もれる花の面影《おもかげ》

【出典】再昌草・第十二・二二七六、雪玉集・巻第一春・三七九

桜の花を早く見たいと急ぐあまり、手に取るほど桜が満開である光景が先に目に浮かんでくる。まだ花は咲いていないが、枝の蕾《つぼみ》にはもう花の面影が十分に籠もっている。

【歌題】待花。

【語釈】○花の面影―まだ花が咲いていない時に想い浮かべる満開の桜のイメージ。

これも実隆の歌によく見られる手の込んだ歌である。同じ永正九年の七月の月次御会での詠。題は「花ヲ待ツ」。

「花ヲ待ツ」という題の本意は、言うまでもなく桜の開花を待ち焦がれる心を詠むという点にある。たとえば藤原為家の歌に「咲かぬより花は心に懸かれどもそれかと見ゆる雲だにもなし」という歌があるが、峯《みね》にかかる白雲を桜に見立てる伝統的な手法によって、花が見られないのならせめて桜のよ

＊咲かぬより花は心に…―続千載集・春上・六十七・為家。

すがである雲でも見てみたいという桜を恋い焦がれる気持ちをうたったもの。西行《さいぎょう》の「*山人に花咲きぬとや尋ぬればいさ白雲と答へてぞ行く」といった歌も思い出されるところである。

実隆はその「花を待つ」という本意を生かすために、言葉づかいにかなり手の込んだ工夫を凝らしている。いささか細かい詮索《せんさく》になるが、順を追ってみていこう。

まず初句の「急ぐより」はこの歌以外の先例が見られない語。直訳すると「急いでいるより」となって意味が通じない。「急ぐ」と「より」の間に「心」を入れて、早く花を見たいと心が急《せ》くあまりといった意味になろう。

二句めの「手に取るばかり」は、手が届きそうといった意味。後鳥羽院に「*疎《まば》らなる槙《まき》の板屋に影もりて手に取るばかり澄める夜の月」という歌があるが、これは手に届きそうで届かない月のこと。また「宝治百首」に見える下野《しもつけ》の「*淡路島手に取るばかり見ゆれども渡るは遠き波の上かな」という歌では、淡路島《あわじしま》が手で触れられるように近くに見えるとうたう。しかし実隆のこの歌では、下に「枝に籠もれる花の面影」とあるから、桜はまだ蕾のままの状態なのだ。後鳥羽院も下野も目に見える物をうたっていたが、実隆はま

*山人に花咲きぬとや……—西行聞書集・一二九。「いさ白雲」の「白」に「知らず」の「知ら」を掛ける。

*疎らなる槙の板屋に……—後鳥羽院御集・四十一。

*淡路島手に取るばかり……—宝治百首・三九一六・海ノ眺望・下野。

だ咲いてもいない花を手に取ろうという斬新《ざんしん》な発想を示すのである。

　もちろん咲いてもいない花を手には取れないから、これは空想の中での営《えい》為《い》である。「枝に籠もれる花の面影」の「花の面影」がそのことを暗示する。この「面影」という語を、まだ咲かぬ桜の幻想《げんそう》という意味で使った歌に、俊成の「*面影に花の姿を先立てて幾重越え来ぬ峯の白雲」という歌があった。あの峯の上に白く見えるものは桜ではないかと期待してもういくつの峯を越えて来てしまったかという浪漫的《ろまんてき》な歌である。実隆はおそらくこの俊成の「面影」の用法に学んだのであろう。

　しかし実隆は俊成とは異なる表現を目指す。三句めにある「匂ふかな」がそれである。「匂ふ」は現代語の意味の「薫る・香る」とは異なり、満開《まんかい》に咲き誇った桜が*美しく照り映える様《さま》をいう。桜は実際にはまだ一枝に一輪か二輪のみを咲かせた蕾の状態であるが、実隆は桜が花盛りになった姿を幻想して、「匂ふ」と表現した。作者の目には満開になった桜の全体が映っている。しかし四句で「枝に籠もれる」とうたうとき、桜全体から眼前の目に見える一枝へと視点が移動し、まもなく花開こうとする蕾に焦点が合わされている。幻影である桜を一種の遠景《えんけい》と見れば、この近景《きんけい》は現実である。実隆は

*面影に花の姿を…—長秋詠藻・二〇七、新勅撰集・春上・五十七。

*美しく照り映える様—「古への奈良の都の八重桜今日九重《ここのへ》に匂ひぬるかな」(詞花集・春・二十九・伊勢大輔)の「匂ひ」である。

その幻の遠景と近景の対比《たいひ》に一首の主眼を置いたのである。
実隆の歌には、視点の移動による美的効果を狙ったものがいくつかある。実隆は、近景から遠景へ、あるいは現実から幻想へと、あたかもカメラでズーム移動するかのような詠み方が得意であったようだ。景物の全体的な把握から細部への着目や気付きを対比的にうたうこと、ないしその逆をうたうことは、実隆の歌の特長の一つであった。

しかしこの歌の場合、その遠景と近景の対比が、単なるカメラ移動でなく、幻影と現実との対比であることが重要であろう。つまり、手に取るばかりに咲いた花盛りは幻影であっても、それは目の前の蕾に裏づけられている。実際にこの歌のような幻影と現実の移動が日常の中で起こりえたかどうかはいささか疑問であるし、この歌も、歌の措辞としてもやや飛躍が目立って無理があるとも言えるが、逆にいえば、この無理は歌であるからこそ可能であったと言うこともできる。いわば虚《きょ》と実《じつ》の間に生動する美意識に実隆は自己の風流心《ふうりゅうしん》を置いたのである。こういう歌の作り方は、実隆に限らず中世和歌の特徴でもあった。

＊視点の移動による美的効果を狙ったもの―04、05、08、11、12、18、22、25など。

32

今日《けふ》ならでなどか渡らぬ天《あま》の川人目《ひとめ》包《つつ》みも空にあらじを

【出典】再昌草・第十四・二六四二、雪玉集・巻第三秋・九四〇

七夕の今日以外の日に、彦星はどうしてこの天の川を渡らないで遠慮しているのであろうか。空の上には、周囲の人の目を気にして逢瀬の妨げとなる人目堤もあるまいに。

【歌題】七夕。

【語釈】○人目包み―人目を気にして慎むこと。「包み」に川の縁の「堤」を掛ける。

実隆六十歳、永正十一年（一五一四）六月の聖廟《せいびょう》御《ご》法楽《ほうらく》での歌。21と同じ「七夕」題であるが、「七夕」題では歌人たちは普通、牽牛と織女の逢瀬《おうせ》に引き変えて、自分たちの逢瀬がどれだけ間遠《まどお》であるかを訴える歌が多い。しかし実隆はこの歌でもそうした常識的な趣向を外すようにうたっている。

この歌の眼目は何といっても「人目包み」という語にあるだろう。「思へ*ども人目づつみの高ければ川と見ながらえこそ渡らね」という『古今集』の

*思へども人目づつみの……―古今集・恋三・六五九・読人知らず。

読人知らずの歌から借りた語である。あの人を恋い慕っていても周囲の人の目が高く厳《きび》しいので、そこに川を見ながら渡りたくても渡れないという若い恋人たちの切実《せつじつ》な思いをうたった歌である。実隆はこの本歌のいう現実の川を空の「天の川」に転じ、大空の真ん中だから堤などない、それなのにどうして「人目づつみ」など気にする必要があろう、七夕以外の日だって平気で渡ってもいいではないかとあえて逆に出たのである。こういう水平思考《すいへいしこう》の歌は今まではなかった。『古今集』の右の歌のように、恋人との逢瀬は露顕《ろけん》を恐れて包んだり隠したりするのが普通である。それをこの歌は、周知の七夕伝説を逆手《さかて》にとって、あえて伝統的なよみ方を外して詠んだ。そこに実隆の狙い目があった。

しかし、天帝《てんてい》の命《めい》で七夕の日しか逢えないとされたのだから、七夕以外の日に二人が逢えるはずもないのも自明である。牽牛織女をいくら激励しても、それが叶わないことも実隆は心得ている。結局この歌も、結果として二人の悲しみを増すことになろう。いや、一年に一度の逢瀬がいかに切実なものかをよりビビッドに語っていることになるのであろう。

【補説】この歌が結局織女の一層の悲劇を強調するものとして実隆が意識していたとすれば、21で見た「織女に心を貸して眺むれば」の歌の場合も、期待は裏切られて男は来ないまま終わってしまうと実隆は言おうとしていた可能性がある。実隆は逆説のまた逆説を考えていたのかもしれない。

33

白妙《しろたへ》の月の砧《きぬた》や織女《たなばた》の手にも劣らぬ物と打つらん

【出典】再昌草・第十五・二九二一、雪玉集・巻第三秋・一三九三

冴《さ》え冴《ざ》えと白く光る月の下で打つ衣は、月の光に照り映えて一層美しさを増す。織女姫の手仕事にも劣らない物にしようと砧を打ったのか、その輝きはこの上ない。

【歌題】月下擣衣《たうい》。

【語釈】○白妙の―白布の原料「白栲《しろたえ》」から出た枕詞。「衣」「袖」や衣服に関わる語、または「月」「雲」「雪」「光」など白い物を引き出す。○砧―本来は布の光沢を出したり柔らかくするために槌

翌永正十二年（一五一五）八月二十五日に「月下ノ擣衣《たうい》」で詠んだ歌。

「擣衣」は中国六朝《りくちょう》以来の*漢詩題。戦争のため離れ離れになった夫を恋うて詠むのが普通で、日本では平安期に入ってから歌にも詠まれるようになり、「*松風の音だに秋は淋しきに衣打つなり玉川の里」や「*み吉野の山の秋風さ夜ふけて古里寒く衣打つなり」など、秋の夜更《よふ》けに恋人のことを想って打つその音が寂《さび》しさを誘うものとして特に好まれるようになった。

掲出歌の下句「劣らぬ物と打つらん」は、伝本によって「物と見つらん」*などの異同があるが、これは『源氏物語』帚木《ははきぎ》巻の指食い女の思い出を語る左馬頭《さまのかみ》の言に「竜田姫と言はむもつきなからず、織女《たなばた》の手にも劣るまじく、その方《かた》も具してうるさくなん侍りし」とあるのによっていようから、「ものと打つらん」がよいようである。「見つらん」では誰が見るのかが曖昧《あいまい》となって意味が通じない。

七夕に「擣衣」を組み合わせるという発想の先例はないようだ。実隆は「白妙の月の砧」と白の美しさをことさら強調し、月光がその布の光沢《こうたく》に映えた美しさを、右の『源氏物語』の「織女《たなばた》の手にも劣るまじく」という表現を借りきたって、棚機姫の織った布の輝きに劣らないと新しい工夫をこらしたのである。最後の「打つらん」は「打つ」という意よりもあるいは「映らん」という意に比重があるようにも取れる。その方が歌に深みが増そう。

江戸時代の武者小路実陰《さねかげ》は*「澄む月に心なき身の転寝《うたたね》を驚かしてや衣《ころも》打つ声」と詠んだが、これは美しい月を眺めもせずに転寝をした無風流《ぶふうりゅう》な人を砧の音がめざめさせるというもの。実隆も実陰も、「擣衣」の伝統にそれぞれに新しい着眼《ちゃくがん》をほどこそうと苦心していることがよく分かる。

で打つ木または石の台をいうが、打つ行為やその音をいうようになった。晩秋の風物。○織女—七夕伝説の織女。機織《はたお》りが得意で機織《はたおり》姫《ひめ》ともいう。

*漢詩題—白氏文集一九「闇夜砧」など。「千声万声了ル時ナシ」とある。

*松風の音だに秋は……—千載集・秋下・三四〇・俊頼。

*み吉野の山の秋風……—新古今集・秋下・四八三・雅経。百人一首歌。

*物と見つらん—再昌草の本文。

*澄む月に心なき身の……—芳雲集・月下擣衣・二四〇五。

34

思ふこと成《な》りも成らずも行く末を知るとはなしの身をや尽《つ》くさん

【出典】再昌草・第十五・二九二七、雪玉集・巻第五恋・一八二一

私のこの恋が成就するかしないか、その行く末を知りたくても知ることなど無理だと分かっている。しかしたとえそうでもこの恋に身を尽くそうと思う。

【歌題】初恋。

【語釈】○成りも成らずも―成ってても成らなくても。○知るとはなしの―本歌の「梨」から「無し」を引き出したもの。

＊今朝まではかかる思ひは…―拾玉集・第二・一六一一

同じく永正十二年九月の月次御会での歌。題は「初メノ恋」。「初恋」は初めての恋ではなく、「初メノ恋」と読んで恋の初期段階を表わす。たとえば慈円《じえん》の「初恋」の歌「今朝まではかかる思ひはなきものをあはれ怪しきわが心かな」＊のように、恋が始まったばかりの、どうしようもなく恋に引き込まれていく理不尽《りふじん》なまでの心の動揺をうたうのが普通であった。

この実隆の歌は、『古今集』の「麻生《おふ》の浦に片枝《かたえ》差しおほひ成る梨《なし》の成り

も成らずも寝て語らはむ」という歌を本歌《ほんか》にしたもの。やや捨て鉢気味に相手と寝ようとうたったこの民謡調の古歌から、「成りも成らずも」という特異なフレーズを借りて、今後の成り行きがどうであれ、この恋に心を尽《つ》くそうという真っ直ぐな心をうたったもの。「成りも成らずも」という軽快なリズム感に満ちた語や、本歌の片枝に伸びた梨の木の「梨」を「知るとは無し」と転じた掛詞の妙などが、恋の初期段階の一途《いちず》さをよく伝えている。その軽妙さが、この恋の始まりが深刻にならないように規制してもいて、なかなか印象深い歌となっている。

「初メノ恋」の歌では、時とすると自分の中で動き始めた恋心にとまどったり、自分でそれを押さえようといった迷いもよくうたわれるが、この歌にはそういう迷いはない。結句《けっく》の「身をや尽くさん」というのも健気《けなげ》である。

この年実隆は六十一歳になっていた。いよいよ人生の老境《ろうきょう》に差し掛かった実隆がこういう恋の歌を平気で詠み得たということにも、中世人にとっての教養としての和歌の意味があった。それは現実の向こうに和歌という観念の世界を作ってそれを信じていこうという行為でもあったのである。

「歌合百首」。

＊成りも成らずも—この歌の「成りも成らずも」という句は後世の歌人にも多く引用された。「片枝さす麻生の浦梨初秋に成りも成らずも風ぞ身にしむ」(新古今集・夏・二八一・宮内卿)など。

35

光ある玉を導《しる》べに海松布《みるめ》刈る便《たよ》りもがなや和歌の浦波

【出典】再昌草・第二十一・四一四二（四一三一と重出）

あなたのすばらしい珠玉のような歌を機縁《きえん》として、この和歌の浦に海松布を刈る機会があればいいと思ったことです。

大永二年（一五二二）二月の歌。ある若い女性から歌の批評（合点《がってん》）を依頼されて返したときに付けてやった歌とある。前の方に重出された詞書《ことばがき》では、知人に頼まれて拒みきれずにやったとあり、誰かへの義理であったようだ。「海松布を刈る」というのは、沢山ある歌の中から真珠に相当する珠玉《しゅぎょく》の和歌を見つけるということの譬喩《ひゆ》であろう。古来、歌人たちは、歌稿《かこう》を残したり集めたりすることを「*藻塩草《もしほぐさ》をかく」とか「かき集める」と言ったが、

【詞書】若き女房の歌よみて合点のこと所望せし、否み難くて墨つけて遣はすとて奥に書き付けたりし。狂言綺語、破戒の因にやと、可《を》笑《か》し。

四一三一の詞書は「若き女房の歌とて人の伝へ見せて、合点せし奥に書き付け侍り

この歌ではあえて卑近《ひきん》に「海松布刈る」という言葉を使った。＊小町《こまち》の歌にあるように「ミルメ」に「見る目」を掛けて、「見る価値がある歌」という意味を籠めたのであろう。相手が若い女性だと聞いて、海松布を刈っていれば玉を拾うこともありましょうか、つまりあなたと何かいい御縁《ごえん》ができましょうかという意味にも取れる。取りようによっては、ちょっときわどくもある歌で、むしろ戯歌《げか》の範疇《はんちゅう》に入れるべきかも知れない。

詞書の最後で「狂言綺語、破戒の因にやと可笑し」とみずから自嘲していることがそのことを暗示する。実隆はこの年六十八歳。すでに六年前の六十二歳のときに出家して、逍遙院《しょうよういん》堯空《ぎょうくう》と名乗っていた。重出歌《ちょうしゅつか》の詞書の「老僧」はそのことを示している。狂言綺語とは、仏の真実の言葉に反して妄語《もうご》を弄《ろう》すること。和歌もその狂言綺語に当たり、出家した実隆は当然世俗《せぞく》の欲望や関心を断たなければならない身であった。若い女性と聞いて色めくなどとはわれながら滑稽《こっけい》だと自嘲したのである。

「老僧」実隆に、こういう艶《つや》めいたところがまだ残っていたのはほほえましいことだ。もっともそれが和歌の添削《てんさく》を機縁に表に出てきたところに、長年歌一筋に生きてきた実隆の宿業《しゅくごう》があったというべきであろう。

し、老僧のためには似あはず、まことに狂言綺語なるべし」。

【語釈】○海松布—ミル科の海藻。浅い海の岩場に群生する。○和歌の浦波—紀伊国の歌枕。和歌の神玉津島明神がある。

＊藻塩草をかく—「家々の言の葉、浦々の藻塩草かき集め奉るべき詔《みことのり》も承れる…」（千載集序・俊成）など。

＊小町の歌—「海松布（見る目）なき我が身を浦と知らねばや離《か》れなで海人《あま》の足たゆく来る」（古今集・恋三・六二三）。海松布の全くない浦、見る程の人間でもない私とも気づかないで、あなたは離れもせずにせっせとめげず通ってくることだ。

36

植《う》ゑざらば吉野《よしの》も春の名にはあらじ人の心を花の種《たね》かな

【出典】再昌草・第二十四・四五四五、雪玉集・巻第一春・三九二

この吉野に誰かが桜を植えなかったなら、吉野山に春の名所という名も立たなかったであろう。その桜の最初の種となったものは、桜を愛する人の心の種でもあったのだな。

【詞書】同日（三月五日）、内裏にて題を探りて花五十首歌講ぜられしに、栽花。

大永四年（一五二四）三月の内裏歌会でよんだ「花五十首」中の一首。題の「栽花」は「花ヲ栽《き》ル」ではなく「花ヲ栽《う》ウル」と読むのだろう。『再昌草』には第五句が「程かな」とあるが、『雪玉集』の「種かな」の方がよい。

吉野が桜の名所であることはいうまでもない。古くは深い雪で知られた吉野の地が桜でも知られるようになったのは平安時代後期あたりからで、特に西行がこの地の桜を称揚《しょうよう》したことが大きな引き金になった。

その西行に「*並べてならぬ四方《よも》の山べの花はみな吉野よりこそ種は散りけめ」という歌がある。また良経《よしつね》にも「*昔誰《たれ》かかる桜の花を植ゑて吉野を春の山となしけむ」という歌がある。おそらく実隆の歌はこうした先行する歌から影響を受けたかと思われる。「花五十首」を詠ずることになったとき、西行のことを思い出したとして不思議ではない。

しかし実隆は、最初に桜を植えた特定の誰か、桜の起源《きげん》というものについては特に拘泥《こうでい》していない。むしろ「花の種」は持たらしたのは、桜を愛する「人の心」一般ではなかったかと推定する。桜を求める*人間の心が「種」となってここに植わったので、このように桜の名所として代々桜が拡まったのも人間の心が元にあるからだろうと言いたいのであろう。

ちょっと強引な感じがしないでもないが、静かでいい歌である。「春の名」という語は古歌には見られない新しい用語であるが、最初に「春の名」と大らかに出て、下の「花の種」と対比させた詠み方も、歌に馴《な》れた人の名人芸といってもいいところがある。ゆったりとしてさすがに老成《ろうせい》の雰囲気があり、桜をこういう観点からうたうこともできるのだなと思わせる。実隆はこの年七十歳になっていた。

*並べてならぬ四方の山べの……—西行・御裳濯川歌合・七番左。

*昔誰かかる桜の……—新勅撰集・春上・八・良経。

*人間の心が種となって—人の心を植物の種とみるのは「種しあれば岩にも松は生ひにけり恋をし恋ひば逢はざらめやは」（古今集・恋一・五一二・読人知らず）、「忘れ草何をか種と思ひしはつれなき人の心なりけり」（同・恋五・八〇二・素性法師）など古くからあった。

37

年はただ暮《く》れう暮れうと言ひながら手に取るものは今日《けふ》までもなし

【出典】再昌草・第九・一六七六

年は「呉《く》れよう呉れよう」と盛んに気前のいいことを言っているが、今日に到るまで手に取れるものなどちっとも貰ったことがない。

【詞書】除日狂歌《みそかきょうか》。

【語釈】○暮れう暮れう―「クリョークリョー」と読む。「暮れ」に物を呉れるの「くれ」を掛ける。

最後に、実隆の狂歌《きょうか》からいくつか見てみよう。これは永正六年（一五〇九）五十五歳の年末に詠んだ歌。詞書に「除日狂歌《みそかきょうか》」とみずから記す。

歌意《かい》はきわめてわかりやすい。「暮れう暮れう」というのは、年《とし》の瀬だから表向きは年が「暮れるぞ暮れるぞ」と言っているという意味だが、実隆はそれを、物を「呉《く》れよう呉れよう」と言っているのだと取りなし、年《とし》の奴は毎年物を呉れるなどと言っているが、生まれてこの方貰ったためしなどないわいとひっくり返したのである。今でいう親爺《おやじ》ギャグ同然な駄洒落《だじゃれ》である。ただ年の瀬の何となく物悲しく思われる頃だから、この洒落には一抹《いちまつ》の哀れみが籠もっていないわけでもない。思わず頷《うなず》きたくもなる狂歌だ。

狂歌は江戸時代に入って、俳諧《はいかい》の隆盛とともにジャンルとして確立するが、伝統としては万葉時代から「戯笑歌《げしょうか》」としてあった。『古今集』には巻十九の「雑体《ざってい》」の中に「誹諧歌《はいかいか》」として特立されているし、鎌倉時代には栗ノ本の無心連歌《むしんれんが》のようなものも流行し、実隆と同時代になると*荒木田守武《もりたけ》や*山崎宗鑑《そうかん》が出てくるという流れである。一休《いっきゅう》などもその一人だった。*『枕草子』にも狂歌めいたやりとりがけっこう見えるが、ここでは平安後期の源俊頼の例を一つ紹介しておこう。自分の「俊頼《としより》」という名を隠して歌会に*「卯の花の身の白髪《しらが》とも見ゆるかな賤《しづ》が垣根も年寄りにけり」という歌を出したこともある俊頼だから、けっこう狂歌も残している。田上《たなかみ》のある家を尋ねたらそこの人が「松茸《まつたけ》を焼くのが遅い」と言ったのを聞いて、*「程もなく取り出だせとや思ふべき松と竹とは久しきものを」と詠んだ。俊頼の田《たな》上《かみ》時代の作にはこうした歌が他にも見えるが、真面目な歌人でもこうした諧《かい》謔《ぎゃく》の歌を気楽に詠んでいたのである。

*荒木田守武―実隆のやや後に出た連歌師で「守武千句」を残した。

*山崎宗鑑―後に「新撰犬筑波集」として刊行される誹諧連歌を集成した（天文末年頃没）。

*枕草子にも―九九段「元輔《もとすけ》が後《のち》と言はるる君しもや今宵の歌に外れては居る」、三〇七段「綿《わた》つ海に親押し入れてこの主の盆《ぼん》する見るぞ哀れなりける」など。

*卯の花の身の白髪とも…―散木奇歌集・夏・二〇〇。

*程もなく取り出だせとや…―同・雑上・一三〇四。

38

時雨《しぐれ》降る神無月《かんなづき》とは僻《ひが》ごとぞ神鳴《かみな》り月と人は言ふなる

【出典】再昌草・第二十八・五五九六

「時雨が降る神無月」と昔から人は言い習わしてきたが、嘘っぱちと言うべきか。こんなに雷が鳴って激しいのは、「神なし月」どころか「神鳴り月」とでも名づけた方がいいと誰かさんが言っている。

【詞書】雷鳴狂歌。

【語釈】○神無月―古来十月は全国の神が出雲に集結する月とされ、神無し月とされた。○僻ごと―道理や事実に反すること、間違い。○神鳴り―雷電は天神や雷神の仕業とされた。

『再昌草』の大永八年（一五二八）の歌群に「雷鳴狂歌」として載る一首。

時雨は晩秋から初冬にかけて降る驟雨《しゅうう》。神無月は陰暦《いんれき》の十月。「紅葉ばや袂《たもと》なるらむ神無月時雨《しぐる》るごとに色のまされば」（躬恒《みつね》）、「嵐吹く比良《ひら》の高嶺《たかね》の嶺渡《ねわた》しにあはれ時雨《しぐる》る神無月かな」（道因《どういん》）などとあるように、この両者はいわば付き物のようにうたわれてきた。

実隆は歌の初めに「時雨降る神無月」とその定番の組み合わせをはっきり

置くが、すぐに「僻ごとぞ」とひっくり返す。その理由は下の「神鳴り月」という言葉から知られる。「神無し月」ではなくて、「神鳴り月」と言うべきであろうというのである。

神鳴は夏のもので、十月に雷雨が来るというのはあまり聞かないが、この年はそういうことがあったのであろうか。いずれにしても「神無し」と「神鳴り」の語呂《ごろ》合わせの面白さをうたったもの。出雲《いずも》地方ではすでに「神有り月」という言葉があるから、この洒落は実隆の思いつきではない。第五句を「人は言ふなる」と他人のせいのように振るまっているのもおとぼけめいていて余裕がある。そういう遊び心が狂歌の原点だった。

実隆が生きた後土御門、後柏原天皇時代に宮廷で和歌が復興《ふっこう》し、和歌がふたたび大量生産されるようになると、その傍らで、堅苦しい裃《かみしも》を脱いだ狂歌を詠む気運が生じた。勅撰集*という桎梏《しっこく》を離れた中での、それは和歌形式が要求したある種の解放現象でもあろうか。戦国武将たちの寄合いの中でも狂歌は大いに一座の哄笑《こうしょう》を誘ってやまなかった。一休や守武の他に、実隆自身もそういう気運に棹《さお》さした一人にほかならなかったことは押さえておいていい。『再昌草』の中にはなんと三百首に迫る狂歌が見えている。

＊勅撰集という桎梏を離れた——古今集から二十一代続いた勅撰集は、実隆が生まれる十七年前の永享十年（一四三八）の「新続古今和歌集」ですでに終わりを遂げている。

39

わが家《いへ》の妹《いも》心あらば明月《めいげつ》の光さしそふ盃《さかづき》もがな

【出典】再昌草・第二十八・五五七八

わが家の奥さんよ、もし人並みの心があるならば、今宵明月の光を映し添えるような盃を出してくれればいいのだが。

前歌と同じく大永八年の閏《うるう》九月十三夜の明月に託して詠んだ狂歌。歌会での詠であろうからその場に奥さんがいたわけではないだろうが、その奥さんに向かって、この名月の光を宿すような盃がほしいという。月見の酒があればいいといっているわけである。

この歌には狂歌といえるような取り立てた秀句《しゆうく》や洒落《しやれ》があるわけではない。にもかかわらず実隆があえて「狂言《きようげん》」と言うのは、一つには「心あらば」

【詞書】狂言に申し侍りし。

【詞書】○妹—妻や恋人のことを言う古語。○盃—酒杯《さかつき》のことで、「月」を掛ける。○もがな—願望を示す。

という語句にある。「*夏山に鳴く時鳥《ほととぎす》心あらば物思ふ我に声な聞かせそ」、「*小倉山峯の紅葉《もみぢ》ば心あらば今一度《ひとたび》の御幸《みゆき》待たなん」、「*殿守《とのもり》の伴《とも》の造《みやつこ》心あらばこの春ばかり朝浄《あさきよ》めすな」など、「心あらば」は本来心のないものに訴えるときの言い方だった。実隆はそれを自分の「妹《いも》」に使ったのだ。「妹」にはもちろん心がある。その心がある「妹」にあえて「心あらば」を使ったということが一つ。もちろん戯《たわむ》れとして使ったのである。

今一つは「盃」という語であろう。直接「酒がほしい」と言わずに、「盃」を代置させて婉曲法《えんきよくほう》としたところに爽やかな余裕が出た。日本の歌で盃*を詠んだものはそうそうはないが、それを出すことによって中国風の味が出る。こういった脱俗的《だつぞくてき》な世界を楽しむことも風雅《ふうが》の世界に遊ぶことの大きなメリットであり、それは、古歌や中国詩を踏まえて歌を作るという伝統の中にこそ胚胎《はいたい》するものであった。実隆はそうした歌作りのあり方に対して「狂言」と言ったのではなかったか。

狂歌は必ずしもふざけた言葉遣いをするとは限らなかった。前歌でも触れたように、むしろ心の遊びといったものがその根底にあったのだ。

*夏山に鳴く時鳥……―古今集・夏・一四五・読人知らず。

*小倉山峯の紅葉ば……―拾遺集・雑秋・一一二八・藤原忠平。百人一首にも。

*殿守の伴の造……―拾遺集・雑春・一〇五五・藤原公忠。

*盃を詠んだもの―「有明の心地こそすれ盃に日影もそひて出でぬと思へば」(拾遺集・雑秋・一一四八・能宣)など少数。

何事も負《まけ》をのみする身の上に持《ぢ》といふもののあるが怪しさ

【出典】再昌草・第十六・三一二八

日頃は内障《そこひ》で何やらで悩む老残《ろうざん》のこの身というのに、痔なんていうものまであるのが滑稽だ。歌合で負があるのに時どき持《じ》があるようなものか。

【詞書】二十五日、痔《ぢ》の起こりたるに、戯《たはぶ》れて。

【語釈】○負―歌合の「まけ」にそこひの「目気《まけ》」を掛ける。あるいは死後の準備という意味の「設《ま》け」か。

永正十三年（一五一六）の歌を集めた五月の項に見える。六十二歳。

詞書に「二十五日、痔《ぢ》の起こりたるに戯《たはぶ》れて」とあるから、痔の症状に悩まされていたらしい。「痔」などという恥ずべき疾病《しっぺい》は表だった歌にはもちろんうたえないが、こういう戯《ざ》れ歌なら堂々とうたえるというもの。

それを詠むだけでもすでに誹諧歌であるが、ご丁寧に実隆はその「痔」に歌合《うたあわせ》の判《はん》でいう「持《じ》（モチとも言う）」を掛けている。となれば、ついでに

「負《まけ》」にも眼病である「そこひ（内障）」の「目気《まけ》」を掛けて対照《たいしょう》させたらどうだろう。釣り合いが取れて完璧《かんぺき》になる、といったところであろうか。

現実には「目気《まけ》」である「内障《そこひ》」と「痔」に悩む実隆がいるが、馴れ親しんだ歌の風流世界にも「負」と「持」があるではないかとずらしたのである。このずらしによって一首には人間的なヒューモアが生まれる。狂歌とか戯れ歌というものは、ある意味ではそういう人間的な態度の表明と別物ではなかった。

『再昌草』には、この他に疔《ちょう》などの腫物の「腫気《しょうき》」を詠んだ歌がある。「日《ひ》暮《ぐら》し曇り果ててありしに、夜に入りて月の顔見えしかば、この頃わが身の腫《しょう》気《き》を思ひて戯れ事に」という詞書で、

　身*には今腫《は》るるを厭《いと》へど空の月雲間待ち出でて見るが嬉しき

とある歌。実隆と知りあいであった宗鑑《そうかん》も背中にできた瘍《よう》をうたった「宗鑑*はどちへと人の問ふならばちと用（瘍）ありてあの世へと言へ」という辞世《じせい》の戯歌《げか》を遺しているから、流行とは言わないまでもこうした歌はよく詠まれたようである。彼らにとって人間としての日常はいわば風流とすぐ隣り合わせにあったというべきであろう。

＊身には今腫《は》るるを……――再昌草・第二十七・五二九三。大永七年八月十五夜の歌。七十三歳。

＊宗鑑はどちへと人の……――古今夷曲集・巻九・哀傷。

歌人略伝

康正元年（一四五五）、藤原氏北家《ほっけ》の流れ正親町《おおぎまち》三条家から分かれた内大臣三条西公保《きんやす》の次男として誕生。仏門に入ることに決まっていたが、四歳の時に兄実連《さねつら》が夭逝《ようせい》し、六歳の時に父も喪ったので、古典学と有職《ゆうそく》の家を継ぐことになった。歌を飛鳥井雅親《まさちか》（栄雅）に学び、十二歳で早くも禁裏《きんり》の歌会に列している。十五歳で元服、二十三歳で参議、以後昇進を重ねて正二位内大臣に昇った。多年後土御門・後柏原天皇の侍従を勤め、その月次歌会の常連として活躍、生涯に一万首を超える膨大な和歌を詠じた。青年時に応仁の乱に遭って歌壇活動は一時中止したが、乱後に後柏原天皇の活動が復活して再び詠歌にいそしんだ。明応七年（一四九八）四十四歳の年の京都大火でそれまでの詠草《えいそう》の大半を失ったが、四十七歳以降の毎年の歌は、後に編年体の自撰家集『再昌草（再昌とも）』に纏《まと》められる。没後、後水尾院を中心に『再昌草』とそれ以前の旧草を網羅した『雪玉集』が編まれ、後柏原院の『柏玉《はくぎょく》集』と冷泉政為《まさため》の『碧玉《へきぎょく》集』と合わせ「三玉集」として尊崇されるようになった。

家職である古典籍の書写校合や鑑定の業で知られ、多くの人間が出入、当代切っての博識を誇った。宗祇やその弟子の宗碩《そうせき》とも親交があり、長享《ちょうきょう》元年（一四八七）と文亀元年（一五〇一）に宗祇から古今伝授を受け、後奈良《ごなら》天皇や息子実条《さねえだ》らに相伝。宗祇に協力して『新撰菟玖波《つくば》集』を編纂する。また『源氏物語』や『伊勢物語』に通暁《つうぎょう》し、その講釈を行った。なお応仁の乱後、六十余年にわたって書き続けられた漢文日記『実隆公記』は室町中期の一等史料として貴重である。六十二歳で出家、逍遥院《しょうよういん》尭空《ぎょうくう》を名乗った。天文六年（一五三七）八十三歳で没。

略年譜

年号	西暦	年齢	実隆の事跡	歴史事跡
康正　元年	一四五五	1	三月二十五日、三条西公保の次男として誕生　幼名公世	
長禄　二年	一四五八	4	兄公連の死（17歳）により叙爵　侍従に任じ公延と改名	長禄三年正徹死（79歳）
寛正　元年	一四六〇	6	父公保死す（63歳）	
五年	一四六四	10		後土御門天皇即位
文正　元年	一四六六	12	初めて内裏歌会に列す	
応仁　元年	一四六七	13		応仁・文明の乱勃発
文明　元年	一四六九	15	元服　実隆と改名	
六年	一四七〇	16	日記「実隆公記」を書き始める	
七年	一四七五	21	蔵人頭に就任　飛鳥井雅親・雅康に和歌を師事する　後土御門天皇から古今集への朱点、慈円の経文和歌書写等を命じられる	
八年	一四七六	22	正月、幕府歌会始めに出詠	

	九年	一四七七	23	参議に到る　七夕歌合に出詠	応仁・文明の乱終結
	十年	一四七八	24	この頃より宮中連歌会盛行	
	十二年	一四八〇	26	中納言に到る	
	十三年	一四八一	27	内裏月次御会復活　将軍家三十番歌合に出詠	一条兼良没（80歳）一休没す（88歳）
	十四年	一四八二	28	将軍家歌合	
	十五年	一四八三	29	室町殿十番歌合	
	十八年	一四八六	32		山城国一揆
長享	元年	一四八七	33	長男公条誕生　宗祇に古今伝授を受ける（文亀元年頃まで）	
	三年	一四八九	35	万葉一葉集を作成　権大納言就任	足利義尚死す（27歳）
延徳	二年	一四九〇	36		足利義政死す（55歳）
明応	元年	一四九二	38	五十五番歌合	
	四年	一四九五	41	宗祇と「新撰菟玖波集」を編纂	
	九年	一五〇〇	46	七月の京都大火で詠草を焼く	明応九年後柏原天皇即位
	十年	一五〇一	47	「再昌」の歌稿を書き留める　内裏月次御会復活	
文亀	三年	一五〇三	49	三十六番歌合	

永正	三年	一五〇六	52	二月内大臣になるも四月に辞任
	八年	一五一一	57	内裏着到百首　公条に息実枝誕生
	十三年	一五一六	62	廬山寺で出家　逍遙院堯空と号す
大永	四年	一五二四	70	高野に参籠
	六年	一五二六	72	後柏原院薨（63歳）
天文	三年	一五三四	80	「源氏物語細流抄」を書く
	五年	一五三六	82	この年まで「再昌」を書き継ぐ
	六年	一五三七	83	十月三日死去

解説　「実隆にとっての和歌とは何か」――豊田恵子

はじめに

歌人としての三条西実隆の名は、一般の人々にとって必ずしも馴染《なじ》み深い名前ではない。歴史家の間では室町中期の一等史料『実隆公記《さねたかこうき》』の筆者として知られ、また能筆《のうひつ》、有職《ゆうそく》故実家、古文書鑑定家として知られてきたが、文学史ないし和歌史の上では、『源氏物語』『伊勢物語』の講釈をしたことや宗祇《そうぎ》から古今伝授を受けて次代に継承したこと、多くの古典を書写したことなどを除けば、歌人としてのその存在が大きく扱われることはほとんど皆無といってよかった。しかし実隆は、家集『再昌草《さいしょうそう》』や『雪玉集《せつぎょくしゅう》』その他計一万首を超える膨大な和歌を残した紛れもない歌人であった。この数は、正徹《しょうてつ》の『草根集《そうこんしゅう》』一万一千首に匹敵し、慈円《じえん》の『拾玉集《しゅうぎょくしゅう》』五千九百首に二倍する。

三条西家は大納言・大臣まで進むことのできる家格であった。その家を継いだ実隆が、大納言・内大臣という官職を有し、朝堂《ちょうどう》をリードする貴族であったことは確かであった。歌人である前に公家《くげ》であったという点では、和歌を詠ずることは必ずしもその生活の全てではなかった。これは中納言・民部卿に至った藤原定家《ていか》も同じだったが、定家が文学史に新古今時代を代表するトップ歌人として大きな足跡を残したのに比べると、実隆の歌人としての盛名は現代では遥かに劣る。

世は応仁《おうにん》の乱《らん》を始め、戦乱のまっただ中にあった。朝儀《ちょうぎ》も乱れており、後奈良天皇を継いだ正親町《おおぎまち》天皇は元服《げんぷく》もままならなかったという時代だった。もちろん、実隆が朝廷の重鎮として朝儀の復興に大いに尽力したことは、現在残されている儀式の次第書などから充分に窺い知ることができる。また足利将軍義政《よしまさ》や義尚《よしひさ》にも仕え、公武の間にあって中立を持し、その職務を全うしていたことは確かである。

その一方で、彼の下に宗祇や肖柏・宗長・宗碩《そうせき》らの連歌師も出入りし、古典に関する抜群の教養を有した当代一流の文化人であったことは紛れもないし、和歌を詠ずることが一生を通じて重要な営為であったことは、右に述べた膨大な歌作がはっきりと物語っている。

実隆にとって和歌とは何か

『再昌草』や『雪玉集』に見える実隆の和歌のほとんどは、歌題を与えられて詠んだ題詠であった。後奈良天皇の時代に十二歳で宮中御会に呼ばれて以後、公武を問わず種々の歌会に参加して詠作にいそしみ、その後を承けた後柏原天皇時代にも禁裏小番衆として毎月の月《つき》次《なみ》の公宴和歌に必ずといっていいほど歌を寄せ、約六十年間、孜々として歌稿を積み上げていった結果、ついにその数が一万首を優に超えた。

公家としての責務の傍らで和歌を詠み続けるということは、相反する行為のように感じられないわけではない。和歌を詠むことは直接朝儀の執行に役立つというわけではないからである。実隆にとって、和歌を詠じるという行為は、どう意識されていたのか。なぜ実隆は、毎月の月次和歌を営々と詠み続けていられたのだろうか。

もっとも、財政が極度に逼迫《ひっぱく》していた当時の貴族社会にあって、文化的な営みはその生計を支える重要な営みとして機能していた。連歌師などを介して、地方の有力な守護大名に政治的儀礼や、和歌や連歌などの文化伝統を指導教授する見返りに、生計の足しになる報酬を得ていたという事実は否定できない。しかし、実隆の多くの和歌を一首一首詠み解いてみると、そうした経済的な理由だけではない、何らかの理由があったことがだんだんと見えてくる。それは何か。

実隆の和歌の特徴

室町時代の和歌の主流は、定家の息為家《ためいえ》から出発した二条派のそれであった。誰でもがとっつきやすく、平明で純正温雅な詠みようを大事にする歌風であり、伝統を遵守《じゅんしゅ》する守旧性を基本としていた。逆に言えば、新しさというものを積極的に追求するという面に欠けていた。定家は後鳥羽院の皇子梶井宮尊快《かじいのみやそんかい》親王に献じたとされる歌論書『詠歌大概《えいがのたいがい》』の冒頭に「心は新しきを先とす。人の未だ詠ぜざる心を求めてこれを詠ず。詞は古きを求めて用ゐるべし。詞は三代集を出づべからず」と述べ、和歌に用いる詞は三代集までの詞を用い、心すなわち趣向は新しいものを目指せと主張したが、室町時代に詠まれた実際の和歌は、過去の歌々の先例に従うという枠内で詠まれ、新しい趣向などが追求されるようなことがなかったとするのが現在の大方の認識である。

実隆の和歌を一読すると、確かに大体が平明な調べで統一され、その詞や趣向はおおむね古歌にのっとって作られていると言ってよい。一見、なんということもない常套的な歌に終始しているように見える。しかし、その一首一首の歌をつぶさに検討してみると、本書で明らかにしたように、一々の歌に対する趣向の凝りような並大抵のものではない。連歌の世界に通じる趣向であったり、古歌の趣向を角度を変えて取りなし、従来にない新しい本意を展開したり、またしきりに逆接を弄するなど、多種多様な趣向を次々と繰り出していることが分かってくる。そういう貪欲さに気づけば、実隆が定家の『詠歌大概』が主張する心の新しさということを遵守していたということが分かってくる。

実隆の歌は、一語一語丁寧に読み解かないと、実隆が狙った趣向の新しさという点が容易には見えてこないのである。基本的にはそれまでの伝統にのっとった詞遣いをしているために、その底に秘められた実隆の狙いまで気づかずに、平凡な歌だとして見過ごしてしまいがちである。実隆はなぜ、一見平明に見える措辞《そじ》の中に隠すような形でその趣向を詠み入れようとしたのか。二条派の歌風に追随するためだったのか。いや、おそらくそんな単純の理由ではなかった。二条派に追随するだけなら、あえて伝統を超えて新しい本意を獲得するといった行為に出る必要はなかった。形式と内容に関わる右のような実隆の新趣向の提示行為には、実はある確信があったのである。

君臣和楽の具としての和歌

『古今集』以来の貴族和歌は、今日言う意味での単なる文学ではなかった。二十一代にわたる勅撰集が次々と編まれたように、和歌は政教《せいきょう》の具としてもあった。実隆は長享元年(一四八七)、三十三歳の頃から宗祇から十数年かけて古今伝授を受けたが、その都度、和歌が政道の助けである旨が力説されている。理想の治世は君臣相和してこそ実現されるという考えであり、聖代を実現するにはそれにふさわしい正しい和歌を詠むことが必要であるという理念である。

先に述べたように、実隆の時代は応仁の乱を経てやがて戦国へと突入しようという不安定な時代であった。貴族が武力をもって歴史に立ち会うような時代ではなかった。公家として唯一できることは、『古今集』の時代をモデルとした伝統的で純正な和歌を詠むことであった。実隆は禁裏小番衆として後土御門・後柏原の時代に奉仕し、種々の歌会に参加するとともに、毎月二回の定期的な月次歌会に歌を提出することが課せられていたが、その和歌は当然、君臣和楽、政道《せいどう》安泰という理想を実現するために典雅純正のものでなければならなかった。才気溢れた新趣向を露骨に押し出して歌道を乱すことは避けねばならなかったのである。実隆の和歌が、表面的には平明さをよそおうような形で細部まで彫琢《ちょうたく》されているのは、そうした理由に基づいていたのである。実隆にあっては、歌を詠むことがそのまま政道に直結していたのである。

しかしそうであっても、和歌の道を前進させるためには、伝統墨守の和歌から逸脱するような新しい趣向を詠むことも必要であった。実隆の和歌にしばしば現れる連歌的な趣向や狂歌に近い言い回しはそのことを示している。

和歌・狂歌・連歌の詠みわけ

本書の11で、正徹の和歌「人に寄る波の月かは難波江に心ある海人《あま》もなどかなからん」と実隆の「水鶏《くひな》なく浦の苫屋《とまや》の夜の月心ある海人のなどかなからん」という似た措辞を持つ歌を比較した。正徹と実隆が「心ある海人もなどかなからん」と当時の連歌で流行していた趣向を詠みながらも、実隆が新しい趣向を追求したものであることを指摘した。正徹があえて連歌と同じく「心ある海人」をストレートに詠んでいるのに対し、実隆は上句に「水鶏なく浦の苫屋《とまや》の夜の月」という古典を踏まえた語句を重ねることによって、心ある海人がいるという趣向が際立つことがないように優雅に詠じている。実隆の和歌に対する姿勢がよく出ていると言うべきであろう。

一説によると、正徹は連歌を詠むことを潔しとしなかったという。その理由は、和歌の表現だけでも連歌的な要素は充分に詠み込み得るので、別個に詠む必要はないと見ていたかららしい。連歌のような詠み方も狂歌じみた詠み方も、全て和歌で詠じれば済むのであって、あえて詠み分ける必要がないと考えていたのである。実際、正徹の和歌には、しばしば和歌には詠まれない語句が平気で使われていたり、伝統的な和歌の本意に反するような趣向がうたわれていたりする。三十一字という和歌の定型であれば、連歌的な趣向も狂歌的な趣向もそれは和歌にほかならないという冷然とした認識があったということだろう。

これに対し、実隆は、和歌とは別個に狂歌や戯歌の類を三百首近くも残しているし、連歌師と同座して多くの連歌も詠んでいる。当然、狂歌や連歌の世界は、純正な和歌とは異なるジャンルだという棲み分け意識があったからだろう。和歌にふさわしい詠み方とは、連歌や狂歌とは異なる純正なるものでなければならない、和歌が和歌である所以《ゆえん》は、際立った表現のない平明な措辞や調べの中にこそあるのであって、伝統や正統なるものからの逸脱を望むなら、それは狂歌や連歌の世界で詠むべきだと考えていたのである。

その一方で実隆は、定家の『詠歌大概』が説くように「心は新しき」ものでなければならない、新しい趣向を詠まなければ現代の和歌としての意味がないとも考えていた。しかし面白い趣向は、それと目立たせることなく、和歌らしい調べと表現に中に溶け込ませねばならなかった。彼がそのために一首一首の詠出《えいしゅつ》に当たって、古歌や物語の語句を踏まえ、その措辞に並々ならぬ工夫を凝らしたことは本書で見てきたとおりである。『古今集』は言うまでもなく、『源氏物語』や『伊勢物語』といった古典の知識が縦横に遣われていたことを見た（03、11、14、15、19、22、23、27、29、33など）が、それも和歌が優美であるための用意周到な工夫であることは言うまでもなかった。

実隆和歌の評価

しかし与えられた題に即すための凝り方が過ぎて、しばしば才智が先走って無理を冒し、それが歌の内容をいささか複雑なものにしたことも否めない。本書で扱った歌でいえば、03、09、12、14、18、22、26、30、31といった歌などにはそうした行過ぎの傾向が見えるものであった。実隆の家集『雪玉集』は後世、後柏原院の『柏玉集』、冷泉政為《まさため》の『碧玉集』と並ぶ「三玉集」の一に数えられ、「正風体《しょうふうてい》」のモデルとして重視されたが、しかし、江戸時代の武者小路実陰《さねかげ》が「逍遙院（実隆）などの歌に、入りくみたるむつかしきやうなる歌もあれ」（詞林拾葉《しりんしゅうよう》）と言ったり、本居宣長が実隆を「歌道中興の祖」と讃えながら、「ややもすれば己が分に過ぎて飛ばんとする心現れて、真の正風とは言はれぬこと多し」（あしわけ小船）と言っているように、その歌にしばしば無理があると批判されてもいることに注意したい。伊藤敬氏『室町時代和歌史論』所収の「三条家三代」の「実隆の和歌」の項には、近世初期の同門の師弟間の間に「手づまの利きたる歌」「口が自由に曲がり」「いろいろの屈曲などある歌」「脇道へ行き怪我しさうに見ゆる」といった評があったことを挙げている。実隆の趣向の凝り方は、早くから人々の注目するところでもあったのである。

実隆の歌を和歌史の上でどう評価すべきは議論の分かれるところで、さらに今後の研究を待つ必要があるが、いずれにしても、室町中期の混乱期に、和歌は優美であれとして生涯に一万以上の和歌を営々と詠み続けた実隆の膨大なエネルギーは、和歌を政道に近づけ、それをどう実現するかという課題に対する彼なりの必死の努力の反映であり、その結果であったことは無視するわけにはいかないだろう。

読書案内

＊実隆の和歌をやさしく鑑賞し、あるいは解説した一般書はまだ出ていない。

○評伝

原勝郎『東山時代に於ける一縉紳の生活』　創元社　一九四一

三条西実隆を初めて近代歴史学の対象として取り上げた古典的名著とされる。最初京大の文学部の雑誌「芸文」に連載し、主著の『日本中世史』（富山房・一九〇六）に一部再録され、創元社によって初めて単行本として刊行された。その後、筑摩叢書版（一九六七）、講談社学術文庫版（一九七八）、中央公論新社版（二〇一一）等がある。ただし、実隆の和歌的事跡については地方への普及や伝播活動に触れるも、歌そのものについては取り上げられていない。

芳賀幸四郎『三条西実隆』　吉川弘文館・人物叢書四三　一九六〇

戦後の実証史学に基づく評伝。主著に『東山文化の研究』（河出書房・一九四五）を持つ著者によって纏められた書。実隆の行動と一生を詳述するが、やはり文芸面への直接的言及がなされていない。

○テキスト

『私家集大成七』中世Ⅴ上下　明治書院　一九七六

実隆の家集『再昌草（再昌）』全歌七千四百首と『雪玉集』全歌約八千二百首を収める。

重出を省き、その他未収歌を網羅すると現存約一万首を超える。

『新編国歌大観第八巻』 角川書店 一九九〇年

『再昌草』全編約七千四百首を収める。

○注釈書（抄）

『中世和歌集 室町篇』 伊藤敬他校注 新日本古典大系 岩波書店 一九九一

『草根集／権大僧都心敬集／再昌』 伊藤伸江・伊藤敬校注 和歌文学大系 明治書院 二〇〇五

前者は永正八年（一五一一）の三月から六月にかけて後柏原天皇・三条西実隆・冷泉政為の三者によって行われた「内裏着到和歌」と「再昌」の一部を収める（林達也担当）。後者は伊藤敬による『再昌』の一部を収める。いずれも実隆和歌を解釈する上での手掛かりとなる注が施されていて役立つ。

○研究書

井上宗雄『中世歌壇史の研究 室町前期改訂新版』 風間書房 一九八四

井上宗雄『中世歌壇史の研究 室町後期改訂新版』 風間書房 一九八七

いずれも歌壇史研究書であるが、実隆と彼を取り巻く周辺の動向や和歌史的事実を精細簡潔に整理し、実隆研究の基本文献として必須の書である。

伊藤敬『室町時代和歌史論』 新典社 二〇〇五

第五章「三条西三代―新時代の歌の家―」に、「実隆評伝」「編年体文学史―実隆の時代―」「実隆と和歌」「実隆の和歌」「実隆の視点」の五編を収める。実隆の政治的位置や和歌の特徴、狂歌との関連などに触れ、実隆文学に分析した最初の論として貴重。

【付録エッセイ】

「実隆評伝」老晩年期（抄）

『室町時代和歌史論』（新典社　平成十七年）

伊藤　敬

実隆の内大臣辞任は永正三年（一五〇六）五十二歳の四月のことであった。父祖に比すればまだ若かったし廟堂への関心も失われていなかったので、前内大臣としての生活が長く続いた。五十七歳の永正八年八月に孫の実世*が生まれ、公条は十月に権中納言に進んだ。こうした幸いの中で同十三年四月十三日、ついに俗人生活を罷め、廬山寺で出家を遂げて、六十二歳で新人格の逍遥院堯空に成り変わる。道号は耕隠。なお「堯空」の法号について注しておく。原*・芳賀*氏はこれを出家後の号とするが、文明十六年の亡母十三回忌における諷誦文の後書中に「文明甲辰孟冬之天　優婆塞堯空記之」とある（実隆公記、十・十四）。これ以前の例は未見で何歳からの使用かは不明であるが、優婆塞（在俗受戒者）の身となったのは、文明四年に母を喪ったころ（十八歳）でもあろうか。ともかく出家の時でないことを注意しておく。そしてこの事は、実隆の信仰・宗教的人生を考える上で、貴重な事跡となる。

実隆出家は六十二歳であるから、老境の入口として自然であるが、一応その契機を伝記上で跡づけできるのかどうか。その悟達のほどのことと共に、自然と関心がそこに向く。出家

伊藤《いとう》　敬《けい》（国文学者）〔一九二八―二〇一二〕「新北朝の人と文学」「室町時代和歌史論」。

＊実世―公条の嗣子。後実枝《さねき》と改める。

＊原氏―読書案内参照。

＊芳賀氏―読書案内参照。

する年の歳旦に、実隆は恒例の「元日　陪柿本影前言志和歌」一首を次のように詠じている。

あひにあひて心の花も咲くやこの春待ち得たる春にもあるかな　（再昌、正・一）

昨年の公条中納言昇進・実世誕生を思えば、まさに春の中の春を待ち得た今年の春であったろう。続いて「今日は、ことさら日影もうららに見えしかば」と、異例の形でさらにもう一首、

今朝ぞげに年の中よりのどかなる空もまことの春の色かな

を添えている。たまたま立春は年内で、十二月廿六日であったが、ここにいう年内の春色とは、子と孫との慶事を重ねたものであろう。かくて四月十三日、序の所でも引用した、

黒髪の飽かぬことなし今は身の終り乱れぬ願ひばかりぞ

夏衣涼しき道の門出して蓮の上に心をぞ置く

との感懐を残して、剃髪した。十六日の廬山寺から帰途の折の歌、

故郷にたち帰るともとがむなよ錦にまさる墨の衣を

の軽妙さを読み合わせると、出家の本願を達しての安堵の情、仏法帰依の自然な情がうかがえる。かつて内大臣を辞した時の、

別れてもまた色まさる春もあらば立ち舞はましを花染めの袖　（再昌、永正三・四・五）

の執着・期待は全く失せた歌いぶりである。また同日の有名な七絶も掲示しておく。

*六十余年皆昨非　伽梨喜得換二朝衣一
一身林下已知レ足　何向二君王一求二弊幃一　（出家仮名記〈公記・刊本巻九所収〉参照）

*六十余年皆昨非《さくひ》タリ　伽梨《かり》喜ビ得テ朝衣ニ換《か》フ　一身ヲ林下《りんげ》ニヲキ已《すで》ニ足ルヲ知ル　何ゾ君王ニ向ヒテ幣《へい》幃《い》ヲ求メン（「昨非」は陶淵明『帰去来辞』による。過去のあやまち。「伽梨」は不明。袈裟の美称か。）

六十二歳にして今是昨非・林下自足の境地に到達して、君主に弊幃を求めることを止めた。しかしながら、俗世離脱はまずは官職世界のことで、全くの捨身ではなかった。以後も、例えば禁裏月次の和歌御会に、堯空の名で出詠することを止めなかった。公武僧俗との交も厚いままで、それは八十三歳の死までの二十年間に及ぶ。自由を得た精神は、かえって新たな詩境を啓発したのかもしれない。再昌にはその様子が生き生きとして見えている。

（中略）

のどやかに廬山寺での出家後、実隆は友人と和歌贈答を交し、十六日から十九日までの四日間、石山詣での旅をする。その間、二十二首の和歌と七絶一首を詠じた（再昌）。帰宅しての廿六日、公宴月次御短冊四首を禁裏に届けている。また前引の「六十余年皆昨非」の七絶にもう一首、次の作を詠じている。

*自縛多年如㆑有㆑縄　皤々衰鬢愧㆓鬅鬙㆒
朝簪今日忽抛去　来往一閑雲水僧

また続いて、次の狂歌二首を書き留めている。

このころの人の身の上聞きみるに一笑するに足らぬものかな
げにや世に類ひなき身や勅なればいともまれなる猿楽もして

さらにそのあとの方に「痔のおこりたるに、戯れに」の前書きで、

何事もまけをのみする身の上に持といふもののあるがあやしさ

と、歌合の勝負持を下敷きにしての戯れ・自嘲の作もある。こう読み続けてみると、実に自由自在の境が生き生きと感得され、観想と憂愁の深刻さとの表裏の表情が、微笑を誘う。

*自《みづか》ラ縛リテ多年縄有ルガ如シ
皤《は》々《は》タル衰鬢鬅鬙《すいびんほうかい》ヲ愧《は》ズ
朝簪《ちょうしん》今日 忽《たちま》チニ抛《な》ゲ去ル
来往ス一閑ノ雲水僧
（「朝簪」は官吏の衣服）

そして目につくのが、五月の次の記である。

廿四日　公宴、この月は懐紙なれば、老僧詠進もいかがと覚えし折節、よろづ心もまめならねば障りを申して奉らざりしに、二首は詠みかけてありしを（下略）

の二首を、公条がまだ終ってなかったので譲って出させた。この代作事件そのものが悠然たる逸話であるが、注意すべきは「老僧詠進中止」のことである。一般の年は、正月から奇数月は懐紙三首、偶数月は続歌形式で実隆なら短冊四首となる。出家後の四月は「公宴月次御短冊詠進」をしたのに、五月の懐紙詠進を渋ったのはなぜなのか。七月の条に「懐紙今日始而詠㆓進之㆒」とあるから、事は解決した。たまたま公宴続歌は永正十三年分が欠けている。永正十二年の懐紙は「正二位実隆」であった（短冊は実隆）。さて出家後は俗世の正二位の名誉も俗名実隆も不要となる。そこでの困惑が、未提出となったのではないか。実隆は、そうしたことにまで心遣いを向けた人ではなかったか。再昌に、九月分月次御会懐紙で「釈尭空と書之。今日始也」としたことが見える。当時、為広と政為らは「沙弥暁覚・宗清」であった。実隆の休詠と釈尭空の使用と、意味の有無は今後の課題となろう。

その名称とは別に、実隆は休詠することもあるが、天文三年、八十歳の十二月まで、公宴月次御会歌詠進を止めなかった。この持続力は、何と称すべきであろう。出家後の十九年のこの営みは、他に例はあるまい。そして日記は翌四年はなく、五年は正月〜二月初旬、以後はなし。それに対し再昌は、御会出詠停止後も続いて、天文五年八月十五・十六夜の作で終りとなるが、印象深い作が並ぶ。十五夜に公条と和した、中秋の七絶を引く。

*月到㆓中秋㆒是一清　看々天道必虧盈

*月中秋ニ到リテ是《これ》一
清スルモ
看々《かんかん》トシテ天道必ズ
虧《か》ケテ盈《み》ツ
人間《じんかん》物ニ於イテ皆如《かく》
ノ此シ
今日ノ陰雲《いんうん》ハ昨日ノ
晴

人間於レ物皆如レ此　今日陰雲昨日晴

和歌もまた湿った心情の作となった。その四首のうちの三・四首目は、

老い果てて後は心のいかなれや月を賞でしも昔なりけり

あはれいかに名をも思はぬ世の人にならふか月の晴れんともせぬ

と詠む。昨十四日は晴れて、名月の夜は陰雲。「月を賞でしも昔・名をも思はぬ世の人」と自嘲気味に述懐する。翌日晴れた十六夜の月を見て、

今宵しもいざよひの月のゆくりなく昨日の月の名をぞ揚げける

とみずからを十六夜の月に寓し、ここで再昌の歌、実隆の作品は終りとなる。逍遥院・堯空の名に相応して、心は遥かな空に遊びつつ、一方ではわが身をいとおしむ。死はまだ一年余の後のことであるが、たまたまここで辞世の歌になったかのごとくである。

芳賀氏は実隆の晩年を「観想・憂愁・諦観」と評されたが、いかがであろう。少くとも詩歌の面では、中風不自由ながらも、心を若若しく生生しい世界に遊ばせ続けたと言える。実隆の生涯は風流・数奇に徹することで終った、と見ておきたい。

（中略）

唐木順三『応仁四話』（昭41）の「あとがき」は、次のように始まり、左のごとく終る。

原勝郎氏の『東山時代に於ける一縉神の生活』を昔読んでおもしろいと思った。そして漠然と三条西実隆といふ人物に興味を感じてゐた。私が『私本応仁記』なるものを書かうと思ったときは、実隆をも登場させたいと考へてゐた。

幸いに厖大な日記・紙背文書まで活字化があり、この青年公卿三十五歳ぐらいまでをと

志し、日記を読み出したら、まだ乱は収まらないのに、むやみやたらに酒を飲んでいる。その事情と心理を追求していけば、と思い追求したが、出てこない。五年ほど前に出た芳賀幸四郎の『三条西実隆』を読んでみたが、まじめな努力家であるが、小心翼々で、人を引きつけるものがない。かくして私は実隆を書くことに興味を失ったと。

長い紹介になったが、結局は、実隆、その日記への期待が大き過ぎたのだと思われる。文明十年ころまでの日記の範囲では仕方なかった。『応仁四話』は、一休のしん女・豊原統秋(雅楽家)・宗祇・足利義政で仕立てられている。やはり実隆の、この仲間入りは難しかったろう。

実隆の研究・人物論としては、いまだに芳賀氏著の「むすび」以上のものはない。ただし、唐木氏も芳賀氏も、再昌を通じての読みの跡はなかった。社会経済・政治史・世相史とは別の文芸史の面で実隆を読むことが残されている。以上の評伝は、そのための第一歩であった。一方で主要な事跡を客観的に掘り起こしつつ、人生を詩歌に託した人物像を構築することが、今後の課題となろう。

豊田恵子（とよだ・けいこ）
＊新潟県生。
＊奈良女子大学大学院博士後期課程単位修得退学。
＊現在　宮内庁書陵部図書課研究員。
＊主要論文
「歌題「けだもの」」（『鳥獣虫魚の文学史―日本古典の自然観〈1〉獣の巻』所収、三弥井書店、2011年）」
「「心あるあまのなどかなからん」考―三条西実隆による正徹の趣向摂取について」（叙説、2006年）

三条西実隆《さんじようにしさねたか》　コレクション日本歌人選　055

2012年11月30日　初版第1刷発行

著者　豊田恵子
監修　和歌文学会

装幀　芦澤泰偉
発行者　池田つや子
発行所　有限会社　笠間書院
東京都千代田区猿楽町2-2-3［〒101-0064］
電話　03-3295-1331　FAX　03-3294-0996
NDC分類 911.08

ISBN978-4-305-70655-3

印刷／製本：シナノ
乱丁・落丁本はお取り替えいたします。　（本文用紙：中性紙使用）
出版目録は上記住所または info@kasamashoin.co.jp まで。

コレクション日本歌人選　第Ⅰ期〜第Ⅲ期

＊印は既刊。★印は次回配本。

第Ⅰ期　20冊　2011年（平23）2月配本開始

1 柿本人麻呂＊　かきのもとのひとまろ　高松寿夫
2 山上憶良＊　やまのうえのおくら　辰巳正明
3 小野小町＊　おののこまち　大塚英子
4 在原業平＊　ありわらのなりひら　中野方子
5 紀貫之＊　きのつらゆき　田中登
6 和泉式部＊　いずみしきぶ　高木和子
7 清少納言＊　せいしょうなごん　圷美奈子
8 源氏物語の和歌＊　げんじものがたりのわか　高野晴代
9 相模＊　さがみ　武田早苗
10 式子内親王＊　しょくしないしんのう（しきしないしんのう）　平井啓子
11 藤原定家＊　ふじわらていか（さだいえ）　村尾誠一
12 伏見院＊　ふしみいん　阿尾あすか
13 兼好法師＊　けんこうほうし　丸山陽子
14 戦国武将の歌＊　綿抜豊昭
15 良寛＊　りょうかん　佐々木隆
16 香川景樹＊　かがわかげき　岡本聡
17 北原白秋＊　きたはらはくしゅう　國生雅子
18 斎藤茂吉＊　さいとうもきち　小倉真理子
19 塚本邦雄＊　つかもとくにお　島内景二
20 辞世の歌＊　松村雄二

第Ⅱ期　20冊　2011年（平23）10月配本開始

21 額田王と初期万葉歌人＊　ぬかたのおおきみ　しょきまんようかじん　梶川信行
22 東歌・防人歌＊　あずまうた　さきもりうた　近藤信義
23 伊勢＊　いせ　中島輝賢
24 忠岑と躬恒＊　みぶのただみね　おおしこうちのみつね　青木太朗
25 今様＊　いまよう　植木朝子
26 飛鳥井雅経と藤原秀能＊　まさつね　ひでよし　稲葉美樹
27 藤原良経＊　ふじわらのよしつね（りょうけい）　小山順子
28 後鳥羽院＊　ごとばいん　吉野朋美
29 二条為氏と為世＊　にじょうためうじ　ためよ　日比野浩信
30 永福門院＊　えいふくもんいん（ようふくもんいん）　小林守
31 頓阿＊　とんな（とんあ）　小林大輔
32 松永貞徳と烏丸光広＊　ていとく　みつひろ　高梨素子
33 細川幽斎＊　ほそかわゆうさい　加藤弓枝
34 芭蕉＊　ばしょう　伊藤善隆
35 石川啄木＊　いしかわたくぼく　河野有時
36 正岡子規＊　まさおかしき　矢羽勝幸
37 漱石の俳句・漢詩＊　神山睦美
38 若山牧水＊　わかやまぼくすい　見尾久美恵
39 与謝野晶子＊　よさのあきこ　入江春行
40 寺山修司＊　てらやましゅうじ　葉名尻竜一

第Ⅲ期　20冊　2012年（平24）6月配本開始

41 大伴旅人＊　おおとものたびと　中嶋真也
42 大伴家持★　おおとものやかもち　小野寛
43 菅原道真＊　すがわらのみちざね　佐藤信一
44 紫式部＊　むらさきしきぶ　植田恭代
45 能因＊　のういん　高重久美
46 源俊頼＊　みなもとのとしより（しゅんらい）　高野瀬恵子
47 源平の武将歌人＊　上宇都ゆりほ
48 西行＊　さいぎょう　橋本美香
49 鴨長明と寂蓮＊　ちょうめい　じゃくれん　小林一彦
50 俊成卿女と宮内卿＊　しゅんぜいきょうじょ　くないきょう　近藤香
51 源実朝＊　みなもとのさねとも　三木麻子
52 藤原為家＊　ふじわらためいえ　佐藤恒雄
53 京極為兼＊　きょうごくためかね　石澤一志
54 正徹と心敬＊　しょうてつ　しんけい　伊藤伸江
55 三条西実隆＊　さんじょうにし　さねたか　豊田恵子
56 おもろさうし＊　島村幸一
57 木下長嘯子＊　きのした　ちょうしょうし　大内瑞恵
58 本居宣長＊　もとおりのりなが　山下久夫
59 僧侶の歌＊　そうりょのうた　小池一行
60 アイヌ神謡ユーカラ★　篠原昌彦

『コレクション日本歌人選』編集委員（和歌文学会）
松村雄二（代表）・田中　登・稲田利徳・小池一行・長崎　健